W0330448

PAOLA MASTROCOLA

Ich dachte, ich wär ein Panther

PAOLA MASTROCOLA

Ich dachte, ich wär ein Panther

Die Geschichte einer Ente auf der Suche nach sich selbst

Aus dem Italienischen
von Christiane Burkhardt

Piper
München Zürich

Die italienische Originalausgabe erschien 2005
unter dem Titel »Che animale sei? Storia di una pennuta«
bei Ugo Guanda Editore in Parma.

Nachwort mit freundlicher Genehmigung
von La Repubblica, Rom.

Mas
Gemeindebücherei
Evang. Gemeindehaus
Klosterstraße 39
76332 Bad Herrenalb
08/6091

ISBN 978-3-492-05066-1
2. Auflage 2007
© Ugo Guanda Editore, 2005
Deutsche Ausgabe: © Piper Verlag GmbH, München 2007
Satz: Uhl + Massopust, Aalen
Druck und Bindung: Clausen & Bosse, Leck
Printed in Germany

www.piper.de

Für meinen Sohn,
der mich mit vier Jahren fragte:
Eine Katze –
weiß die eigentlich, dass sie eine Katze ist?

Wärme und Geborgenheit in einem Fellpantoffel

Es war Heiligabend. Auf der Straße, die ins Dorf führte, war ein Lastwagen unterwegs, und der fuhr sehr schnell.

Dieser Lastwagen fuhr deshalb so schnell, weil Jack, der Lastwagenfahrer, am Steuer saß. Der hatte seiner Frau an jenem Morgen hoch und heilig versprochen: Aber ja doch, Liebes, ich werde um Punkt acht zu Hause sein.

Er hatte es ihr versprochen, weil Heiligabend war und Jack an Heiligabend wie jedes Jahr zu Weihnachten zum Essen zu seiner Schwiegermutter musste. Und wehe, er kam erst nach acht! Seine Schwiegermutter machte nämlich jedes Jahr an Weihnachten gefüllte Cappelletti, und wenn Cappelletti verkochen, löst sich die ganze Füllung in der Brühe auf, und das geht auf gar keinen Fall.

Deshalb also fuhr der Lastwagen so schnell: Weil Weihnachten war und sich die Cappelletti von Jacks Schwiegermutter nicht in der Brühe auflösen durften.

Und so kam es, dass der Lastwagen von der Straße abkam. Er hatte gerade die letzte Kurve erreicht und es beinahe geschafft, pünktlich um acht zu Hause zu sein, als er ausgerechnet in der letzten Kurve von der Straße abkam.

Alles, was geladen war, wurde hinausgeschleudert: Weihnachtskugeln, Päckchen, eingemachte Feigen, eingelegte Peperoni, Champagner. Da die Straße auch noch abschüssig war, kullerten diese Sachen so schnell davon, dass man fürchten musste, sie würden nie mehr zum Stillstand kommen.

Auch sie fiel herunter. Sie fiel vom Lastwagen und begann sich zu überschlagen.

Keine Ahnung, warum sie sich auf diesem Lastwagen befand, denn sie gehörte zu keinem der Weihnachtspäckchen. Aber ausgerechnet auf jenem Lastwagen saß sie, als dieser von der Straße abkam, und so purzelte sie herunter wie all die anderen Sachen auch, die mit ihr auf dem Lastwagen gewesen waren. Und sie geriet ins Rollen wie ein Ball, der vom Wind fortgetragen wird. Denn nicht nur, dass die Straße abschüssig war: In dieser Nacht war es auch ganz besonders windig.

Das Dumme war nur, dass sie eben erst auf die Welt gekommen war.

Keine der Sachen auf dem Lastwagen war eben erst auf die Welt gekommen, aber sie schon.

Wahrscheinlich war sie genau in dem Moment geboren worden, als der Lastwagen zu forsch in die Kurve gefahren war, oder aber der Sturz selbst hatte ihre Geburt ausgelöst, so genau lässt sich das nicht sagen. Aber wie dem auch sei: Sie kam in einer Kurve zur Welt. Und in einer Kurve zur Welt zu kommen, weil man an Heiligabend in einer Kurve von der Straße abkommt, ist nicht gerade ideal.

Doch irgendwann wurde sie von irgendetwas gestoppt, und zwar von einer Mülltonne.

Zum Glück, denn sie war drauf und dran, sich sämtliche Knochen zu brechen, bevor ihr Leben überhaupt begonnen hatte. Die Mülltonne war hässlich und stank, aber das fiel ihr nicht weiter auf. Da sie eben erst auf die Welt gekommen war, wusste sie noch nicht einmal, dass es sich um eine Mülltonne handelte.

Es war bitterkalt. Aber sie hatte ein zweites Mal Glück: Sie landete genau in einem Fellpantoffel, der dort zufällig herumlag, direkt neben der Mülltonne. Er war grau und hatte die Form einer Maus, aber sie hatte keine Ahnung, wo sie da gelandet war. Sie wusste nicht einmal, dass es so etwas wie Pantoffeln überhaupt gibt und wozu sie gut sind. Sie spürte nur, dass es darin angenehm warm war, und ringelte sich dort zusammen.

Nicht jeder landet direkt nach der Geburt in einem Pantoffel, aber sie schon.

Und so schlief sie sehr lange in diesem Pantoffel und träumte, sie sei noch gar nicht geboren worden.

Als sie aufwachte, war Heiligabend vorbei, aber es war nach wie vor bitterkalt. Aus der Mülltonne troff irgendeine klebrige Flüssigkeit, die ihr genau in den Mund tropfte. So ernährte sie sich Tag für Tag, ohne von irgendjemandem ernährt zu werden.

Als sie ein ziemliches Stück gewachsen war, verließ sie den Pantoffel. Sie baute sich vor ihm auf und besah ihn sich zum ersten Mal genauer. Sie sah die großen Mäuseohren, die langen Barthaare und die funkelnden Glasaugen. Da er das Erste war, was sie in ihrem Leben sah, hielt sie diesen Pantoffel für ihre Mutter. Sie umarmte ihn, schmatzte ihm einen großen Kuss auf die Schnauze und sagte:

»Ich hab dich lieb, Mama.«

Erst denken, dann nagen

Ihr Tagesablauf war ziemlich eintönig: Entweder faulenzte sie im Fellpantoffel herum, oder aber sie sprang hinaus und streifte in seiner Nähe umher. Jeden Tag wagte sie sich ein kleines Stück weiter weg, um die Welt ein kleines bisschen besser kennenzulernen, allerdings ohne ihre Mama dabei auch nur ein einziges Mal aus den Augen zu lassen. Und wenn es Nacht wurde, ringelte sie sich in der Wärme des Fellpantoffels zusammen.

Sie war überglücklich, eine solche Mama zu haben. Manchmal spielte sie hinter ihren Mäuseohren Verstecken, so als seien sie zwei Zelte; und manchmal – da sie neben der Mülltonne einen kaputten Kamm gefunden hatte – spielte sie Kämmen und strich das Haar ihrer Mutter vor und zurück. Niemand kämmt das Haar der eigenen Mutter, aber sie hatte einen Mann dabei beobachtet, der in Wahrheit seinen Hund von Läusen befreite.

Bei ihren Erkundungstouren in die weite Welt

machte sie jedoch eine furchtbare Entdeckung, nämlich die, dass die anderen Mamas mit ihren Kindern spazieren gingen, während sie eine Mama hatte, die kein bisschen mit ihr spazieren ging. Sie hatte eine unbewegliche Mutter.

Das beunruhigte sie sehr, und sie merkte, dass sie so eine Mutter nicht wollte. Sie hatte keine Lust, immer allein am selben Fleck zu bleiben und allein um den Pantoffel zu schlendern. Nicht die Kinder sollten um ihre Eltern herumschlendern, sondern umgekehrt: Die Eltern sollten mit ihren Kindern schlendern gehen, dachte sie.

Sie wusste keinen Ausweg aus diesem Schlamassel.

Doch es kam jemand, der einen Ausweg fand, jemand, der eines Tages rein zufällig vorbeikam.

Dieser Jemand war ein junger Biber. Unweit des Dorfes lag nämlich ein großer See, und an seinen Ufern lebte die Bibergemeinde.

Es handelte sich um eine äußerst aktive Gemeinschaft, deren Mitglieder ausnahmslos Ingenieure waren, die ausnahmslos mit Konstruieren beschäftigt waren. Der ganze See, angefangen von seinen Ufern bis weit ins Wasser hinein, war eine einzige Baustelle: nichts als Balken, Ziegel, Stützpfeiler, Presslufthämmer und ein ständiges Kommen und Gehen von

Bibern, die Blaumänner trugen und mit Stirnlampen ausgerüstet waren. Man muss nämlich wissen, dass sie auch nachts arbeiteten, und tatsächlich: Wenn man den See nachts von der Straße aus betrachtete, konnte man unzählige Lichter erkennen, die wie verrückt hin und her flitzten. So mancher sagte: »Das sind Glühwürmchen«, und wieder andere meinten: »Was denn für Glühwürmchen, es ist doch Winter! Das sind eindeutig die Seelen der Toten.« Doch in Wahrheit waren es weder Glühwürmchen noch Tote: Es waren Biber, die sich kleideten wie Ingenieure auf Nachtschicht.

Sie konstruierten überwiegend Deiche. Einen Deich nach dem anderen. Man könnte sagen, dass die Welt für sie eine Welt aus Deichen war.

Der junge Biber sah, wie sie im Schatten der Mülltonne vor sich hin schmollte. Er reichte ihr die Hand und stellte sich äußerst wohlerzogen vor:

»Es freut mich, deine Bekanntschaft zu machen! Mein Name ist George.«

Gleich darauf fragte er:

»Stimmt irgendetwas nicht?«

»Ja, siehst du das denn nicht? Ich habe eine Mutter, die nicht mit mir spazieren geht!«

»Und warum geht sie nicht mit dir spazieren?«

»Weil sie sich nicht bewegt, das siehst du doch!«

Der Biber sah sich suchend um.

»Und wo soll deine Mutter bitte schön sein?«

»Na hier, siehst du sie denn nicht?«

George sah sich immer noch suchend um.

»Ich sehe hier bloß einen Pantoffel.«

»Einen … was?«

»Einen Pantoffel.«

Sie brauchten ein wenig, bis sie verstanden, was der jeweils andere sagte. Denn manchmal reicht es einfach nicht, miteinander zu reden, um sich zu verstehen. Sie zum Beispiel brauchte ziemlich lange, um zu verstehen, dass er ihre Mutter einen Pantoffel nannte. Und er brauchte noch länger, um zu verstehen, dass sie diesen Pantoffel für ihre Mutter hielt.

Um ganz ehrlich zu sein, verstand George erst einmal kein einziges Wort. Er blieb stehen, stellte das Reden ein und erkannte, dass die Sache wohl noch ein Weilchen dauern würde. Er setzte sich ebenfalls neben die Mülltonne und begann nachzudenken.

George war nämlich ein junger Biber, der großen Gefallen am Nachdenken fand. Er war kein Biber wie die anderen: Das Holznagen gefiel ihm kein bisschen. Wenn er einmal groß wäre, wollte er nicht Ingenieur werden: Er war der einzige Biber, der nicht Ingenieur werden wollte, und stellte mittlerweile »ein ernsthaftes Problem« für die Gemeinschaft dar.

Man muss nämlich wissen, dass alle Biber Ingenieur werden wollen. Besser gesagt: Wer als Biber geboren wird, ist automatisch auch Ingenieur, ein »geborener Ingenieur« sozusagen« (und solche Automatismen gibt es viele im Leben).

Georges Vater, der alte Ingenieur Reginald Biber, war gleichzeitig ältester Biber bzw. das Oberhaupt der Bibergemeinde. Er war mittlerweile schon ganz weiß geworden vor lauter Sorge um seinen Sohn. Er war verwitwet und schon seit vielen Jahren ganz allein für Georges Erziehung verantwortlich. Eine Verantwortung, die so schwer wog, dass er jeden Tag ein Stück gebeugter nach den Deichen sah, gebeugt und weißhaarig. Er war der einzige weiße Biber weit und breit. Und wenn er sich abends mit seinen Kollegen in der Osteria traf, spielte er nicht etwa mit ihnen Karten, sondern saß allein in einer Ecke. Gebeugt und weiß, wie er war, sagte er in einem fort:

»Warum ausgerechnet ich, warum ausgerechnet ich …«

Und manchmal sagte er auch:

»Warum muss ausgerechnet ich so einen Biber zum Sohn haben!«

Was das bedeutete, war weithin bekannt. Nicht dass sein Sohn einen schlechten Charakter gehabt hätte, er war nur unglaublich stur. Er hatte es sich partout in den Kopf gesetzt, sein Leben ausschließlich dem Denken zu widmen, und wollte in Oxford Philosophie studieren.

»In Oxford?«

Woraufhin ihm alle erklärten, dass er genauso gut hier denken könne, zu Hause, am See, während er als braver Ingenieur Baumstämme nagte. Und dass es ganz und gar nicht infrage käme, dass er als Philosoph in Oxford ende.

Aber er blieb dabei, dass man im Leben erst denkt und dann nagt (wenn überhaupt) und dass das eine rein gar nichts mit dem anderen zu tun hat.

Die Biber der Bibergemeinde fanden insgeheim, dass der arme Reginald Biber einen ziemlichen Nichtsnutz zum Sohn hatte! Aber das dachten sie natürlich nur insgeheim. Gegenüber dem armen Reginald Biber verloren sie kein einziges Wort darüber, denn was soll man einem Vater groß sagen, der so einen Nichtsnutz zum Sohn hat?

Und so kam es, dass George an jenem Tag neben der Mülltonne saß und lange darüber nachdachte, wie es nur möglich war, dass jemand glaubte, er sei das Kind eines Pantoffels. Nachdem er lange darüber nachgedacht hatte, ohne eine Erklärung zu finden, tat er, was man eben so tut, wenn man sich etwas nicht erklären kann oder für ein Problem keine Lösung findet: Er versuchte, dem Problem auf den Grund zu gehen. Deshalb fragte er:

»Sag mal, wer oder was bist du eigentlich?«

»Ein Pantoffel!«, antwortete sie ohne Zögern.

Hier also lag das Problem. Man muss einem Problem immer auf den Grund gehen, um zum eigentlichen Problem vorzudringen. Und in diesem Fall war das eigentliche Problem das Pantoffelproblem.

»Ein Pantoffel?«, wiederholte George, dem vor lauter Nachdenken schon der Kopf schwirrte.

»Ja, hast du mir denn nicht gerade eben erzählt, dass meine Mutter ein Pantoffel ist?«

George verspürte sofort wieder das dringende Bedürfnis nachzudenken. Er dachte lange nach, und weil er ein großer Denker war, stieß er auf eine große Wahrheit. Nämlich die, dass man bei der Geburt noch nicht weiß, wer man ist.

Logisch, woher denn auch? Man braucht jemanden, der es einem sagt. Und wenn es einem niemand sagt, weiß man auch nicht, wer man ist, stimmt's?

Nachdem er auf diese große Wahrheit gestoßen war, fühlte er sich besser. Und gab sich weiteren Gedanken hin. Er für seinen Teil wusste nur zu gut, dass er ein Biber war, weil es ihm sein Vater jeden Tag aufs Neue vorhielt: Vergiss nicht, George, dass du ein Biber bist! Wer einen Vater hat, der jeden Tag das dringende Bedürfnis hat zu sagen, wer man ist, bei dem setzt sich das irgendwann unauslöschlich im Gehirn fest, und wie sich das festsetzt! Aber was war mit seiner bedauernswerten Freundin? Wer bringt ihr bei, dass sie kein Pantoffel ist, weil Pantoffeln nicht reden können? Wenn es ihr niemand beibringt, wird sie sich weiterhin für einen Pantoffel halten, denn wenn ihre Mutter ein Pantoffel ist und Kinder ihren Eltern gleichen, muss auch sie ein Pantoffel sein.

Während er sich dermaßen logischen … logischen Schlussfolgerungen hingab, fühlte er sich unglaublich gut. Er zog daraus ein tiefes seelisches Glücksgefühl, das ihn mit Zufriedenheit und Stolz erfüllte: Er war stolz, so denken zu können. Doch gleichzeitig wurde er von einer unendlichen Zärtlichkeit für seine neue Freundin erfüllt, die sich für einen Pantoffel hielt. Er bekam große Lust, sie ins Dorf der Biber mitzunehmen. Und genau das würde er auch tun.

Doch vorher musste er noch das Problem mit der unbeweglichen Mutter lösen. Ansonsten wäre sie niemals mitgekommen, denn seine Mutter lässt man schließlich nicht im Stich. Solche Gedanken machte sich George. Und bei dieser neuerlichen großen Wahrheit verdüsterten sich seine Züge. Er musste einen unbeweglichen Pantoffel beweglich machen, aber wie?

Da er ein Biber war, verfügte er über ein angeborenes Ingenieurwissen, weshalb ihm eine geniale Idee kam. Wenn er nur gewollt hätte, hätte er einen herausragenden Ingenieur abgegeben …

Er ging seinen enormen Werkzeugkoffer holen, den jeder Biber gleich zur Geburt erhält. Einen Werkzeugkoffer mit Hammer und Nägeln, Schraubenziehern und Zangen, Bohrern und Bohraufsätzen, Schrauben und Muttern. Dann verschwand er für den Rest des Tages im Wald, um dort Baumstämme zu nagen, und kehrte abends mit einem gut abgeschliffenen, flachen Brett und vier vollkommen runden Holzscheiben zurück. Er arbeitete die ganze Nacht mit seinen Zähnen und seinem Werkzeug, und am nächsten Morgen hatte er es geschafft: Er hatte ein phantastisches Wägelchen gebaut und dem Pantoffel Räder verliehen!

An seinem vorderen Ende befestigte er ein Stück Schnur, dessen anderes Ende er seiner Freundin in die Hand drückte, und sagte:

»So, jetzt kannst du mit deiner Mutter hingehen, wo du willst!«

Sie war überwältigt vor Glück, hielt die Schnur gut fest und begann ihre Mutter die Straße hinauf- und hinunterzuziehen, erst bergauf und dann wieder bergab. Sie ließ sie in abenteuerlichem Zickzack rollen, sich wild aufbäumen und wie einen Kreisel drehen, so überwältigt war sie vor Glück …

Auch wenn es bei genauerer Betrachtung nicht ihre Mutter war, die sie spazieren führte …, sie war es vielmehr, die ihre Mutter spazieren führte!

Aber wie sollte sie das George beibringen, der einen Tag und eine Nacht lang so für sie geschuftet hatte? Und überhaupt: Hätte sie gern ein Stück Schnur um den Hals gehabt, an dem man sie durch die Gegend zog? Nein, so gesehen war es besser, dass ihre Mutter sie umhatte, die Schnur. Ist es letzten Endes überhaupt wichtig, wer wen zieht?

Und so lud sie der junge Biber George offiziell ein, ihm zu folgen und sich mit ihm zur Gemeinschaft der Biber zu begeben. Sie machte es sich in ihrer Pantoffelmama gemütlich, während er das Wägelchen zog.

Das Bild, das sich den Bibern schon von Weitem darbot, war reichlich verwirrend, wenn nicht irritierend: ein wild galoppierender Biber, der eine Art künstliche Maus auf Rädern hinter sich herzog, in der etwas Zerzaustes, Zerrupftes saß, das sich an den Mäusebarthaaren festhielt, so als wären es Zügel.

Ein Ding, das – falls man sich mit Geschichtsbüchern auskennt – große Ähnlichkeit mit einem Streitwagen der alten Römer hatte.

Georges Vater, der Ingenieur Reginald Biber, empfing sie höchstpersönlich, da er als Gemeindeältester die Aufgabe hatte, Besucher zu empfangen.

Er empfing sie im großen antiken Amphitheater, einer Ruine auf dem Hügel, die die Biber für Repräsentationszwecke nutzten. Die gesamte Gemeinde war versammelt. Alle saßen brav auf den Stufen oder besser gesagt auf dem, was noch von ihnen übrig war, nachdem der Zahn der Zeit daran genagt hatte. Und mit einer theatralisch widerhallenden Stimme fragte sie der älteste Biber: »Wer oder was bist du?«, und betrachtete sie ganz aus der Nähe durch seine dicken Brillengläser.

Ein erwartungsvolles Schweigen machte sich breit.

»Ein Pantoffel!«, antwortete sie ohne Zögern mit ihrer etwas schrillen Stimme.

»Hmmmmm …«

Das gesamte Amphitheater voller Biber stimmte ein einziges »Hmmmmm« an.

Der Ingenieur Reginald Biber war schon sehr alt und hatte demnach schon so einiges erlebt. Aber jemand, der behauptete, ein Pantoffel zu sein – nein, so etwas hatte es noch nie gegeben. Er kratzte sich nervös an seinem flachen Schwanz und sagte:

»Aber du hast doch Federn …, wie kannst du dann ein Pantoffel sein? Wer Federn hat, ist ein Federvieh. Also, mein verehrtes Federvieh …«

Es war das erste Mal, dass sie jemand beim Namen nannte. Allerdings gefiel ihr der Name Federvieh nicht besonders. Außerdem hatte sie keine Ahnung von Federn, und so fragte sie, ob ihr denn bitte schön jemand erklären könne, was Federn seien und wo sie welche hätte.

Im Amphitheater konnte man unterdrücktes Lachen hören, das zwischen den hervorstehenden Zähnen aller dort versammelten Biber entwich.

Reginald Biber war so überrumpelt, dass er nicht wusste, wie er das Wort »Federn« erklären sollte. Denn in Wahrheit, wie es auch jene bezeugen können, die hauptberuflich Wörter erklären, gibt es nichts Schwierigeres, als Wörter zu erklären – vor allem solche, die Dinge bezeichnen, die wir tagtäglich vor Augen haben. Man sollte meinen, dass schon das Wort allein ausreicht, um eine Sache zu erklären, aber wie soll man ein Wort erklären, das wiederum eine Sache erklärt?

Solchermaßen verwirrt riss ihr der Ingenieur Biber eine Brustfeder aus. Sie rief au! Und begriff sofort, was eine Feder war. Gleichzeitig war sie überglücklich, denn es ist wunderbar, wenn uns jemand etwas über uns und unsere Persönlichkeit erklärt: Danach fühlen wir uns sofort besser, wir fühlen uns, wie soll man sagen, irgendwie … nicht mehr so unerklärlich und deshalb weniger einsam!

Jetzt wusste sie also, dass sie Federn hatte, und das war wesentlich besser, als es nicht zu wissen.

Was sie allerdings noch nicht verstand war, warum es der Besitz von Federn unmöglich machte, ein Pantoffel zu sein. Denn so für sich genommen war Reginalds Einwand kein bisschen logisch: Als ob jemand, der einen Bart hat, nicht gleichzeitig auch ein Fisch sein kann! Es gibt schließlich Fische mit Barthaaren oder Barteln und Fische ohne Barthaare oder Barteln, oder etwa nicht?

Aber Reginald Biber hatte bereits das Thema gewechselt, und sie wollte ihn nicht weiter mit ihrem Federn-oder-nicht-Federn-Problem belasten.

»Du wirst mit uns zusammen arbeiten«, sagte er. »Das wird dir guttun, du wirst schon sehen.«

Ein tosender Applaus brachte das Amphitheater beziehungsweise das, was noch davon übrig war, beinahe zum Einstürzen. In der Gemeinde der Biber dachten nämlich alle, dass einem das Arbeiten auf jeden Fall guttut.

Man übergab ihr sofort die Schlüssel zu einer hübschen Höhle, in der sie schlafen konnte, sowie die komplette Biberausrüstung: einen blauen Overall, Gummistiefel, einen breiten Gürtel mit Schlaufen, an dem man Seile, Steigeisen und Sägeblätter befestigen konnte, und als krönenden Abschluss eine Stirnlampe.

»Jetzt bist du eine von uns«, sagte man ihr.

Bei Tagesanbruch lud man sie in einen Bus, der

alle zur Arbeit fuhr. Sie stieg ein und zog ihre Pantoffelmama auf Rädern hinter sich her, denn niemals hätte sie sie alleingelassen.

Man wies ihr ein gehöriges Stück See zu und sagte ihr, dass auch sie einen Deich bauen dürfe.

Von jenem Tag an fühlte sie sich wie ein echter Biber. Und hörte auf zu behaupten, sie sei ein Pantoffel.

Die Zeit verging auf angenehme Weise in der Gemeinschaft der Biber.

Sie ging jeden Tag zur Arbeit und fuhr im Morgengrauen im Bus voller Biber mit. Sie hatte gelernt, Baumstämme anzunagen, obwohl sie keine Zähne hatte. Und sie hatte gelernt, Tunnel zu graben, obwohl sie weder Krallen noch besonders kräftige Beine hatte.

Das mit den Beinen wurde allmählich zu einem ernsten Problem, denn sie besaß nur zwei davon, während ihre Freunde alle vier hatten. Darüber hinaus waren ihre zwei wirklich mehr als lächerlich, so dünn wie Grissini und so schwach wie ein Halm im Wind. Außerdem liefen sie in eine Art Fächer aus, der ihr als Fuß diente, ein Fächer aus dünner, durchsichtiger Haut, der aussah wie ein Blatt Seidenpapier.

Trotz allem ließ sie sich nicht unterkriegen und lernte, so gut es ging, zu graben. Dabei waren ihre Leistungen anfangs wirklich unterirdisch. Nur leider nicht im wortwörtlichen Sinne: Anstatt zu graben, kratzte sie nur etwas an der Erdoberfläche.

George, der sich weigerte, sich als Ingenieur zu betätigen, arbeitete nicht. Er saß den lieben langen Tag träge am Ufer, sah ihnen zu und dachte nach.

»Ich denke viel an dich!«, rief er ihr aus der Ferne zu, und sie wurde ganz rot vor Freude.

Er beobachtete sie beim Arbeiten, und je länger er sie beobachtete, desto nachdenklicher wurde er. Und je mehr er nachdachte, desto mehr wollte er sie beobachten. Und je mehr sie sich wiederum beobachtet fühlte, desto mehr bemühte sie sich zu graben. Und je hektischer sie grub, desto weniger Erde bewegte sie.

Die Situation wurde ehrlich gesagt immer besorgniserregender und unterirdischer. George überlegte und kam zu dem Schluss, dass er dringend eine Lösung für dieses Problem finden müsse.

Er dachte lange nach, bis ihm, wie immer, eine Idee kam. In einer der Kaffeepausen besuchte er sie und erklärte ihr, dass sie eindeutig nicht die richtigen Beine zum Graben hätte. Und dass sie, wenn sie fortfahren wolle, mit diesen Fächerbeinen zu graben, an etwas anderes denken müsse.

»An was denn?«, fragte sie überrascht.

Sie müsse denken, dass sie nicht grabe, sondern, keine Ahnung, … schwimme, zum Beispiel. Genau, sie müsse denken, dass sie schwimme!

Wie er auf diesen Gedanken gekommen war, ist nicht bekannt, denn woher einzelne Gedanken kommen, weiß man nie. Sie kommen eben einfach, man muss nur bereit sein, auf sie zu hören. George Biber war besonders gut darin, auf Gedanken zu hören, er hatte eine regelrechte Strategie des Gedankenhörens entwickelt, die hervorragend funktionierte. Er war schließlich nicht umsonst ein großer Denker und wollte nach Oxford.

Was sie betraf, fragte sie sich anfangs, wie sie es bloß anstellen könne zu denken, in der Erde zu schwimmen und nicht im Wasser, wo man normalerweise schwimmt. Aber dieser Gedanke kam ihr nur ganz am Anfang, danach verschwand er wieder. Denn so, wie die Gedanken kommen, verschwinden sie auch wieder.

Sie versuchte Georges Rat zu befolgen …, und es funktionierte! Sie stellte sich vor zu schwimmen und lernte hervorragend zu graben: Sie setzte ihre Beine in Bewegung wie zwei Schaufeln, und die Erde rann ihr zwischen den Zehen hindurch wie … Wasser!

Ein Gedanke, der wahre Wunder bewirkt hatte. Anscheinend, schlussfolgerte sie daraus, muss man an etwas ganz anderes denken, um eine Sache gut zu erledigen.

»Danke!«, sagte sie zu George.

Doch in Wahrheit stimmte es nicht ganz, dass es ihr gelang zu graben. Sagen wir lieber so: Sie scharrte in der Erde, und vor lauter Fächeln mit den Beinen bewegte sie auch den einen oder anderen Zentimeter Erde. Aber das war nicht weiter schlimm: Sie war fest davon überzeugt zu graben, George war stolz auf sie, und die Biber kümmerten sich kein bisschen darum, ob sie wirklich arbeitete, weil sie selbst viel zu sehr mit ihrer Arbeit beschäftigt waren. Sie fällten einen Baum nach dem anderen, zerlegten die Stämme mit den Zähnen und transportierten sie in den See, wo sie sie zu einem Deich zusammensetzten. Sie hielten keine Minute lang still, woher sollten sie da die Zeit nehmen, nachzusehen, was der Neuankömmling tat oder nicht tat?

»Wozu braucht ihr all die Deiche?«, fragte sie den alten Reginald Biber eines Tages, der daraufhin entsetzt einen Satz zurück machte, sodass er beinahe in den See gestürzt wäre.

An einem anderen Tag näherte sie sich dem alten Biber erneut und fragte ihn besorgt:

»Warum fällt ihr alle Bäume? Was, wenn es irgendwann keine mehr gibt?«

Ein weiterer Satz zurück, ein weiterer Beinahesturz in den See. Sie wollte den alten Biber nicht verärgern und begriff nicht, warum dieser so böse wurde. Es war nur so, dass sie es ziemlich dämlich fand, Bäume zu fällen, um daraus etwas in ihren Augen völlig Sinnloses zu konstruieren. Außerdem gefiel ihr eine Welt voller Deiche, aber dafür ohne Bäume kein bisschen. Sie bevorzugte eine Welt voller Bäume und ohne Deiche. Sie begriff nicht, warum man die Welt nicht ließ, wie sie war, anstatt sich derart damit abzumühen, sie zu verändern.

Weil ihr diese Gedanken äußerst philosophisch vorkamen, sprach sie mit George darüber, dessen Fell daraufhin sofort zu glänzen begann. Er sagte ihr erstens, dass man jemanden, der eine bestimmte Arbeit verrichtet, niemals fragen darf, warum er diese Arbeit verrichtet, denn sonst wird er böse, klar? Und zweitens, dass den Leuten die Vorstellung gefällt, die Welt zu verändern, und man sie deshalb in diesem Glauben lassen müsse, klar?

Zum Glück gab es noch die Kaffeepause. Immer um die Mittagszeit kamen drei kleine Bibermädchen mit weißen Servierschürzchen und weißen Servierhäubchen vorbei. Sie zogen ein Wägelchen mit Kaffee hinter sich her und verteilten ihn an alle Biberarbeiter.

In der Kaffeepause setzte sich George stets neben seine Freundin, aber Kaffee trank er keinen. Vielleicht, weil er nicht arbeitete, und wer nicht arbeitet, sollte auch keine Kaffeepause machen. Das heißt, er kann sie natürlich machen, aber nur die Pause, ohne den Kaffee.

Abends trafen sie sich, um den Mond und den See zu bewundern.

Sie liebte es auch, abends mit ihrem Biberfreund ins Kino zu gehen – auch weil er in der Pause immer Popcorn kaufte, und das knabberten sie dann schweigend im Mondenschein.

Doch oft konnten sie nicht ins Kino gehen, weil sie der alte Reginald Biber zum Essen einlud. Mama Pantoffel war natürlich auch eingeladen, denn schließlich kann man unmöglich die Mutter der Freundin seines Sohnes nicht einladen! Er selbst kochte die köstlichsten Suppen aus Körnern und Nüssen, und nach dem Essen rauchte er mit seinem Sohn eine gute Zigarre vor dem Kamin.

Der alte Reginald Biber hoffte insgeheim, dass es dem Federvieh mit der Zeit gelingen würde, seinen Sohn auf den rechten Weg zu bringen und ihn davon zu überzeugen, dass ein ordentlicher Biber Ingenieur werden muss.

Mit diesen ebenso heimlichen wie stürmischen Gedanken im Kopf rauchte er Zigarre mit seinem Sohn, während die Frauen an einem Kräutertee nippten. Wobei eigentlich nur sie am Tee nippte, denn ihre Mutter, die ja ein Pantoffel war, tat sich schwer damit, Kräutertee zu trinken.

Eines schrecklichen Tages geschah etwas Furchtbares. Sie war wie immer in den Bus gestiegen. An ihrem Teil des Sees angekommen, hatte sie damit begonnen, mit ihren Kollegen Baumstämme anzunagen. Danach war Kaffeepause, sie drehte sich kurz um, um ihre Mutter zu fragen, ob sie auch Kaffee wolle …, und konnte sie nirgendwo sehen.

Sie konnte sie nirgends entdecken!

Sie war verschwunden! Ihre Pantoffelmama war wie vom Erdboden verschluckt.

Nur das Wägelchen war übrig geblieben, ein nichtssagendes Brett mit vier dämlichen Rädern, für das sie keinerlei Verwendung mehr hatte.

»George, ich habe meine Mutter verloren! George …!«

Sie lief um den ganzen See, das Amphitheater und den Hügel herum und schrie wie verrückt. George war verzweifelt und wusste nicht mehr, was er denken sollte, also rief er die Polizei.

Die Polizei kam und durchforstete den ganzen Bus. Es kam sogar eine Tauchmannschaft, die den

See absuchte. Es kamen Bagger und Schwimmbagger, die den ganzen Hügel umbaggerten. Vergebens. Mama Pantoffel blieb spurlos verschwunden.

Die Suche wurde auf die umliegenden Dörfer ausgedehnt, ebenfalls vergebens. Niemand konnte sich dieses Verschwinden erklären, obwohl offensichtlich war, dass es sich um einen Diebstahl handelte: Richtig, jemand hatte Mama Pantoffel gestohlen. Aber wer?

Wer stiehlt schon eine Pantoffelmama? Und wozu?

George dachte und dachte, bis ihm der Kopf rauchte. Für seine Freundin tat es ihm zwar leid, doch gleichzeitig war er begeistert über diesen rätselhaften Vorfall, der seine grauen Zellen auf eine harte Probe stellte. Er brachte seine Gedankenmaschinerie auf Hochtouren und gab sich Tausenden von Mutmaßungen hin.

Vielleicht war die Mama seiner Freundin ja ein verloren gegangener Pantoffel … Das hieße, jemand hatte einen von seinen beiden Pantoffeln verloren, hatte zu Weihnachten vielleicht sogar neue geschenkt bekommen und einen davon sofort verloren. Oder man hatte ihn ihm gestohlen, oder aber ihm gefielen die Pantoffeln nicht, die man ihm geschenkt hatte. Vielleicht hatte sie ihm seine schreckliche Exfrau geschenkt, denn er hasste seine Exfrau, weshalb er an jenem Abend auf die Straße ging und einen von den beiden Pantoffeln in die Mülltonne pfefferte, besser gesagt alle beide, aber einer fiel daneben und wurde zur Mama seiner Freundin … Doch dann hatte es sich derjenige anders überlegt, vielleicht hatte er Frieden mit seiner Exfrau geschlossen und war deshalb seine Pantoffeln suchen gegangen. Einen hatte er sofort gefunden, weil er noch in der Tonne lag, den anderen aber nicht, weil er die Mama seiner Freundin geworden und bei ihnen im Dorf der Biber gelandet war. Derjenige sucht und sucht, bis er ihn eines schönen Tages findet und wieder an sich nimmt, denn schließlich ist es seiner. Und so kommt es, dass jetzt seine Freundin die Mutter verloren hat. Andererseits hatte der Ärmste ja ebenfalls etwas verloren, nämlich seinen Pantoffel, weshalb er ihn monatelang suchte. Jetzt hat er ihn endlich gefunden, ihn wieder an sich genommen und ist glücklich. Er konnte ja nicht wissen, dass sein Pantoffel in der Zwischenzeit Mutter geworden war und er dadurch, dass er ihn wieder an sich nahm, so ein kleines Geschöpf zur Waisen machte … Vielleicht macht unser Glück manchmal andere unglücklich und umgekehrt … Oder … Oder aber sie ist es selbst! Aber ja, sie ist es, die Pantoffelmama, die nach furchtbarem Leid und unablässiger Suche ihre Schwester wiedergefunden hat … Stimmt, denn Pantoffeln kommen stets als Zwillinge zur Welt, und wenn ein Zwilling den anderen verliert, haben beide ein Riesenproblem, denn auf sich allein gestellt taugt man nicht mehr zum Pantoffel, dann ist man gar nichts mehr, und das Leben wird sinnlos und traurig. Oder aber …, doch halt!

Irgendwann muss man den Gedanken Einhalt gebieten. Denn sonst kommen zu viele und überschlagen sich wie bei einem Autorennen. Lässt man alle gemeinsam starten, rasen sie ineinander und überschlagen sich. Aber nicht nur Autos, sondern auch Gedanken können sich überschlagen. Meine Gedanken überschlagen sich, sagt man. Sagt man das so? Ja, das sagt man so, warum auch nicht?

Dann wurde es Nacht.

Zum Glück wird es irgendwann immer Nacht, die für eine Weile alles zudeckt. Auch diesmal wurde es Nacht, die mit ihrer Dunkelheit alles zudeckte: den See, die Polizei, die Taucher, die Kaffeepause, die Erde und auch die Gedanken von George.

Am Morgen danach fuhren die Biber mit ihrer Arbeit fort, als sei nichts gewesen, denn es mussten schließlich auch weiterhin Deiche gebaut werden.

»Aber ich habe meine Mama verloren!«, wandte sie in Tränen aufgelöst ein.

Die Ärmste. Wenn wir etwas Tragisches erleben, glauben wir stets, die Erde habe aufgehört, sich zu drehen. Dabei hört sie niemals auf, sich zu drehen, warum auch?

George war irritiert, aber nur einen Augenblick: Er suchte sich ein ruhiges Fleckchen Wiese und streckte sich aus. Er schlug die Beine übereinander, sah in den Himmel und wollte in Ruhe über das Problem nachdenken: Wie fand man eine Mutter wieder, die in diesem Fall ein Pantoffel war, ein einmaliger Fall von Doppelleben also? Wie fand man, einfach gesagt, einen Pantoffel wieder? Wo halten sich Pantoffeln normalerweise auf, was für ein Leben führen sie? Tausend Fragen gingen ihm im Kopf herum, tausend Fragen, auf die er keine Antwort fand. Er war aufrichtig verzweifelt, kam aber auf keine Lösung, denn es ist nicht einfach, eine Lösung für jemanden zu finden, dem man die Pantoffelmama gestohlen hat.

Der alte Reginald Biber war seinerseits untröstlich: Er hatte gehofft, dass sich sein Sohn, um seiner gefiederten Freundin zu helfen, Hals über Kopf ans Graben gemacht hätte, ans Bäumefällen, ans Konstruieren, egal was, eine Brücke zum Beispiel oder eine gut gepflasterte Straße, um ihr diesen schweren Weg zu erleichtern … Doch nichts dergleichen. In diesem Moment ließ der alte Vater jegliche Hoffnung fahren. Mit dem Fernrohr beobachtete er seinen Sohn, der, einen Grashalm zwischen den Zähnen, in aller Ruhe auf der Wiese lag.

»Einen Grashalm, stellt euch das vor!«, sagte er erzürnt zu den anderen Bibern, die kopfschüttelnd weiterarbeiteten und heftiges Mitleid mit ihrem armen Oberhaupt hatten.

Sie dagegen beschloss, angesichts der Tatsache, dass die Zeit nutzlos verstrich und sie nach wie vor ohne Mutter war, diese suchen zu gehen, denn was blieb ihr auch anderes übrig? Sie hätte sich nichts sehnlicher gewünscht, als dass George sie dabei begleitete und ihr half, sie wiederzufinden, aber er wirkte derart … derart unbeweglich, dass sie ihn nicht darum bitten mochte, sich gemeinsam mit ihr in Bewegung zu setzen.

Sie gab den Blaumann zurück, die Stirnlampe und den Gürtel mitsamt dem Werkzeug. Sie nahm nur mit, was ihr von ihrer Mutter noch geblieben war, und entfernte sich langsam, ohne irgendjemandem auch nur ein Wort zu sagen. Sie verabschiedete sich nicht einmal von ihrem alten Freund George, sie wollte ihn nicht aus seinen Gedanken reißen. Sie ließ ihn auf der Wiese liegend zurück, mit einem Grashalm im Mund.

Hätte sie jemand aus der Ferne beobachtet, hätte er nur eine kleine, gekrümmte Gestalt auf zwei wackligen Beinen gesehen, die ein merkwürdiges Wägelchen hinter sich herzog, vier Räder und ein Brett, das ihr eines Tages ein junger Biber, der nichts konstruieren wollte, kunstvoll zurechtgenagt hatte.

Der schwarze Flügel des Grafen Drasitzki

Wenn uns etwas Trauriges zustößt, wollen wir nur noch eines: ganz weit weg sein. Auf diese Weise meinen wir, das Traurige hinter uns lassen zu können. Aber das Traurige bleibt nicht, wo wir es zurückgelassen haben, es kommt immer hinterher.

Sie wollte nur noch weit weg, und so lief sie los. Sie lief so weit, bis ihr die Füße wehtaten. Sie entschied sich für die großen asphaltierten Straßen, um sich nicht zu verlaufen. Jetzt musste sie sich nur immer brav rechts halten und aufpassen, nicht von einem Lastwagen überfahren zu werden.

Nachts schlief sie auf dem Wägelchen ihrer Mutter, denn das gab ihr das Gefühl, sie noch bei sich zu haben. Dann und wann sprach sie mit dem Wägelchen, und vor dem Einschlafen betrachteten sie gemeinsam die Sterne.

Irgendwann erreichte sie die große Stadt. Sie sah sie schon von Weitem, umhüllt von einem durchsichtigen violetten Nebel, durch den gewaltige Türme aus

Glas und Zement aufragten. Sie wirkten wie riesige, kahle Bäume.

Als sie dann mittendrin stand, bemerkte sie, dass man von den Türmen gar nichts mehr sah, weil alles viel zu hoch und zu groß war. Man hörte nur ein ohrenbetäubendes, ununterbrochenes Rauschen: Elektroautos, die einen Meter über dem Boden dahinflogen, Unmengen von Leuten, die ziellos hin und her liefen und die trotzdem nie aneinanderstießen. Allenfalls streiften sie sich – ein wahres Wunder an Disziplin, Präzision und Ausgewogenheit.

Im Zentrum der großen Stadt wohnten Herren, die stets ganz in Schwarz gekleidet waren.

Sie trugen riesige schwarze Umhänge, die sie von Kopf bis Fuß einhüllten, und eilten den lieben langen Tag kreuz und quer durch die Straßen. Manchmal betraten sie ihre gar nicht mehr enden wollenden Kristallwolkenkratzer und nahmen die lautlosen Aufzüge, die sie mal nach oben und mal nach unten brachten.

Egal, ob sie durch die Straßen liefen oder mit ihren Aufzügen hoch- und runterfuhren – sie arbeiteten ununterbrochen. Versteckt unter dem Umhang trugen sie doch tatsächlich ein richtiges, kleines Büro mit sich herum, das mit der neuesten Technik ausgestattet war: mit Handys, Flachbildschirmen, vernetzten Computern, Funksatelliten und einer Unmenge von Tasten, Knöpfen und Schaltern.

In regelmäßigen Abständen sagte irgendjemand ganz unvermittelt:

»Setzen wir uns zusammen und reden.«

Daraufhin hielten alle abrupt inne. Von oben senkte sich, langsam wie rieselnder Schnee, ein enormer Glastisch herab, an den sich alle setzten. Dort saßen sie und redeten Tag um Tag, ein jeder in sein eigenes Mikrofon, ein jeder mit einem Kopfhörer auf den Ohren, sodass sie vom Rest der Welt isoliert waren und nur untereinander kommunizierten.

Nichts von dem, was hier gesprochen wurde, drang jemals nach außen. Nur ein leises Rauschen, wie ein Flügelschlagen, das durch das Herumwirbeln ihrer riesigen Umhänge verursacht wurde, war zu hören.

Sie lief, den Kopf in den Nacken gelegt, völlig verblüfft hin und her. Und stieß dabei mit einem der schwarzen Herren zusammen, dem größten und schwärzesten von allen, der sie fragte:

»Wer oder was bist du denn?«

»Ein Biber, mein Herr.«

Der Herr ließ seinen Umhang herumwirbeln und

tippte ihr mit seinem eleganten Spazierstock auf die Brust:

»Und was machst du hier, so ganz allein in der City?«

»Ich suche meine Mutter.«

»Und wer soll das sein, deine Mutter?«

»Ein Pantoffel.«

Der Herr hörte gar nicht zu. Er war ein äußerst mächtiger und selbstsicherer Herr: Er war es, der hier die Fragen stellte, die Antworten indessen interessierten ihn nicht. Schade, denn so hätte er wenigstens etwas zum Staunen gehabt: Es kommt schließlich nicht alle Tage vor, dass sich jemand für einen Biber hält und behauptet, die Tochter eines Pantoffels zu sein. Aber Staunen ist etwas Kindliches, und jener Herr hasste alles Kindliche – Staunen war Kinderkram und allein den Kindern vorbehalten.

Mit einem geschickten Herumwirbeln seines Umhangs tat er, was er von Anfang an vorgehabt hatte: Er packte sie und nahm sie mit.

Er nahm sie mit sich nach Hause in sein elegantes Loft im obersten Stockwerk des höchsten Wolkenkratzers.

»Warte, bis es Nacht wird«, sagte er, »und pass gut auf.«

Als es Nacht wurde, öffnete der Herr in Schwarz,

der kein Geringerer war als der Präsident der Fledermäuse, Graf Drasitzki, die große Glasfront seiner riesigen Wohnung, und im Nu strömten Aberhunderte, ihm zum Verwechseln ähnlich sehende schwarze Herren herein, alles Fledermäuse, alles Freunde und Kollegen. Sie hängten sich mit dem Kopf nach unten an die Dachbalken und machten es sich dort zum Schlafen bequem.

»Siehst du, wie das geht? So wirst auch du hier schlafen.«

Aber sie hatte keine Lust, mit dem Kopf nach unten an einem Dachbalken zu hängen, und kauerte lieber die ganze Nacht auf dem Wägelchen ihrer Mama, ohne auch nur ein Auge zuzutun. Sie hatte Angst und nicht die geringste Lust, eine Fledermaus zu werden. Sie wollte nichts, als ihre Mutter suchen.

Am nächsten Tag spielte sich das allmorgendliche Duschritual ab: Alle Fledermäuse stellten sich an der Dusche an, aus der sie frisch schwarz geduscht wieder herauskamen und zur Arbeit flogen.

Auch sie wurde in die Dusche bugsiert. Sie und ihr Wägelchen, denn das ließ sie nicht mehr los. Eine lauwarme, zähe, erdölähnliche Flüssigkeit regnete auf sie herab und färbte sie ganz schwarz, sie und ihr Mutterwägelchen.

Der Präsident betrachtete sie zufrieden:

»Sehr gut. Jetzt, nach der schwarzen Dusche, bist du eine echte Fledermaus.«

»Aber mein Herr …«

»Wo liegt das Problem?«

»Meine Mutter …«

Sie erzählte dem Herren, wie sie auf die Welt gekommen war, dass ihre Mutter ein Pantoffel war, mit einem Mäusegesicht, und wie ihr Freund George ihre Mutter eines Tages mit Rädern bestückt hatte, damit sie bei den Bibern leben konnte, und dass sie mittlerweile auch Biber von Beruf wäre. Dass alles in bester Ordnung gewesen wäre, bis man ihr eines Tages den Pantoffel, oder vielmehr die Mutter, gestohlen hätte, aber zum Glück sei ihr das Wägelchen geblieben, was so ein Glück auch wieder nicht sei, aber immerhin besser als gar nichts.

Der Präsident hörte ihr gar nicht zu. Trotzdem achtete er penibel darauf, wie jemand zu wirken, der ganz genau zuhört, um am Ende zu sagen:

»Setzen wir uns zusammen.«

Diesmal senkte sich kein Tisch vom Himmel herab. Doch das ließ die Fledermäuse völlig unbeeindruckt, sie taten so, als gäbe es einen Tisch, und nahmen auf unsichtbaren Stühlen Platz. Der Präsident setzte sich an das Kopfende, ergriff das Mikrofon und sagte mitten in das allgemeine Schweigen hinein:

»Eröffnen wir einen Dialog.«

Schweigen.

»Erarbeiten wir eine gemeinsame Basis.«

Alle wirkten nach wie vor wie erstarrt und schwiegen. Der Präsident fuhr fort:

»Bringen wir die einzelnen Tagesordnungspunkte aufs Tapet …«

Starre. Schweigen. Es herrschte absolute Aufmerksamkeit, als der Präsident seinen Satz vollendete:

»… und legen wir die Prioritäten fest.«

Während nach wie vor aufmerksam geschwiegen wurde, fasste er seine Rede nochmals zusammen:

»Setzen wir uns zusammen, eröffnen wir einen Dialog, erarbeiten wir eine gemeinsame Basis, bringen wir die einzelnen Tagesordnungspunkte aufs Tapet und legen wir die Prioritäten fest.«

Endlich ertönte tosender Beifall. Denn diese eindrucksvolle Zusammenfassung hatte allen verdeutlicht, dass er wirklich eine großartige Rede gehalten hatte!

»Lang lebe der Präsident!«

»Lang lebe Graf Drasitzki!«

Einzig sie war ein wenig verwirrt. Man konnte sich gerne zusammensetzen, bitte sehr: Man sucht sich einen Stuhl und nimmt Platz. Es kann, muss aber keinen Tisch geben, und auch der Stuhl spielt im Grunde keine Rolle, solange klar ist, was gesagt wird. Gibt es tatsächlich einen Tisch, umso besser, dann nimmt man daran Platz. Wenn nicht, dann tut man eben so als ob, halb so schlimm. Den Rest der Rede fand sie jedoch ziemlich kompliziert: Wie eröffnet man beispielsweise einen Dialog? Man kann eine Tür öffnen oder eine Kiste, einen Schrank, ein Marmeladenglas … aber einen Dialog eröffnen? Und die Basis? Wo bitte schön war die genau? Und dann war da noch diese … Tapete? Die ebenfalls nicht da war, aber das machte nichts, für sie galt dasselbe wie für den Tisch: Wenn es eine gibt, schön, und wenn nicht, tut man einfach so. Aber wie bringt man die einzelnen Punkte darauf, und was für Punkte überhaupt? Mit Bleistift oder Kreide gemalte Punkte, schwarze, weiße oder grüne Punkte, wie die auf den Verpackungen? Und was die Prioritäten anbelangte, keine Ahnung, was das nun wieder war und wie man so etwas festlegte.

Sagen wir mal so: Sie war ziemlich durcheinander. Mehr als durcheinander, sie fühlte sich völlig fehl am Platz, und mehr als nur ihre Stimmung war düster. Aber das lag an der schwarzen Dusche.

Sie blieb den ganzen Tag am Tisch sitzen. Sie war schon beinahe eingenickt, als sie plötzlich aufschreckte, weil sie mitsamt ihrem Stuhl und dem

Wägelchen ihrer Mutter unter Hurrarufen in die Luft geworfen wurde.

Man feierte ihren Triumph. Alle klatschten, jauchzten und jubelten. Bestürzt erfuhr sie, dass man sie während ihres Beinahe-Nickerchens stehenden Fußes gewählt und zur Kandidatin gekürt hatte.

»Kandidatin wofür?«, fragte sie.

Niemand gab ihr eine Antwort. Alle fuhren damit fort, sie mitsamt ihrem Stuhl und dem Wägelchen in die Luft zu werfen und ihr lauthals ins Ohr zu jubeln: Hurra! Hurra! Woraufhin sie befürchtete, eine sehr dumme Frage gestellt zu haben, und lieber schwieg. Sie war jetzt eben einfach Kandidatin.

An jenem Abend kehrte sie todmüde in das Loft zurück. Sie konnte sich kaum noch rühren. Und so musste man sie ergreifen und mit dem Kopf nach unten an einen Dachbalken hängen, damit sie schlief wie alle Fledermäuse und nicht aus der Reihe fiel.

Bei Tagesanbruch brachte Präsident Graf Drasitzki die einzelnen Tagesordnungspunkte aufs Tapet, darunter auch die strikte Duschregel. Jeden Morgen musste sie sich mit all den anderen dem Ritual der schwarzen Dusche unterziehen:

»Das Schwarz verblasst nämlich mit der Zeit«, erklärte er ihr, »deshalb muss man es unbedingt täglich auffrischen.«

Er befahl ihr, einen schwarzen Umhang mitsamt dem Hightech-Minibüro umzulegen, betrachtete sie einen Augenblick hochzufrieden und bekam eine plötzliche zärtliche Anwandlung: Er legte ihr sanft einen Flügel auf den Kopf und sagte, dass sie jetzt, wo sie doch eine Respektsperson sei, nicht mehr traurig sein solle und nicht mehr an ihre Mutter denken dürfe, denn das seien viel zu egoistische, kindische Gedanken. Von nun an müsse sie an gemeinschaftlichere und erwachsenere Dinge denken, um nicht länger um ihren eigenen Nabel zu kreisen.

Genau das waren seine Worte. Und sie konnte nicht begreifen, was ihr Nabel damit zu tun haben sollte. Sie suchte nach ihm und fand ihn nicht inmitten ihrer zerzausten Federn. Sie wusste nicht, wie sie Graf Drasitzki bloß beibringen sollte, dass sie gar keinen Nabel hatte. So schwieg sie.

Anschließend schickte sie der große Anführer in die weite Welt hinaus, weit weg von jenem Nabel, den sie nicht hatte, und befahl ihr, jede Nacht pünktlich nach Hause zu kommen, um im Loft zu schlafen und sich dort als brave Fledermaus mit dem Kopf nach unten an einen Dachbalken zu hängen.

Und so fand sie sich mit all den anderen in der großen Stadt wieder, in den Straßen des Zentrums. Und begann ihr neues Leben als Kandidatin.

Wie sie erfuhr, waren alle Fledermäuse Kandidaten (möglicherweise waren auch alle Kandidaten Fledermäuse …, aber sie beschloss, nicht weiter darüber nachzudenken, weil sie nicht sicher war, ob sie diesen Gedanken wirklich zu Ende denken wollte).

Jeder zog auf eigene Faust los, um zu kandidieren: Man lief den lieben langen Tag durch die Stadt, berief Versammlungen, Treffen, Demonstrationen und Bürgerinitiativen ein und hielt merkwürdige Reden, die »Wahlkundgebungen« genannt wurden. Abends ging man mit wildfremden Leuten zum Essen, und das nannte sich dann »Wahlkampfessen«.

Am ersten Tag tat sie es ihren Fledermauskandidatenkollegen gleich: Sie berief Versammlungen, Treffen, Demonstrationen und Bürgerinitiativen ein und hielt Wahlkundgebungen ab. Doch insgeheim fühlte sie sich sterbenselend, denn eigentlich wollte sie etwas ganz anderes: ihre Mutter suchen und spielen. »Völkerball« zum Beispiel oder »Ochs am Berg«. Oder einfach nur auf einem Bein hüpfen und herausfinden, wie lange man durchhält. Oder zum See gehen und versuchen, flache Steine zwölfmal über das Wasser hüpfen zu lassen – zehnmal hatte sie es bereits geschafft und musste jetzt den Rekord um mindestens zwei Hüpfer auf zwölf erhöhen.

Aber weit gefehlt! Abends kamen alle in das Loft nach Hause, einer nach dem anderen, der reinste Trauerzug.

Sie war vollkommen erledigt, jeder Knochen im Leib tat ihr weh und ihr Kopf drohte zu zerspringen. Sie fühlte sich so niedergeschlagen, als laste ein ganzer Marmorblock auf ihrer Seele. Sie bat ihre Pantoffelmama, wo immer sie jetzt sein mochte, ihr zu helfen, denn so niedergeschlagen, wie sie sich jetzt fühlte, wollte sie nur noch sterben.

Am nächsten Morgen begegnete sie Graf Drasitzki in einem Zustand völliger Erschöpfung.

Er sagte, dass man dermaßen erschöpft unmöglich kandidieren könne, und befahl ihr, ein Wahlkampfessen zu veranstalten, um wieder zu Kräften zu kommen.

»Und was ist das?«

Er erklärte ihr, dass ein Wahlkampfessen dazu diene, gewählt zu werden, daher auch der Name.

»Ja, schon, aber wozu das Essen?«, fragte sie, weil sie nicht verstand, warum man essen gehen muss, um gewählt zu werden.

Die Antwort blieb er ihr schuldig. Aber da es sich um ein formelles Abendessen handelte, dachte sie, sich wenigstens schön machen zu müssen. Denn wenn man auswärts essen geht, wirft man sich in Schale.

Sie machte sich den ganzen Tag lang zurecht, glättete ihr Federkleid und legte sich vor dem Spiegel ein paar Locken. Sie versuchte auch mit einem Lippenstift Akzente zu setzen, aber der verschmierte ihr die Wangen, und sie ließ es lieber bleiben. Außerdem war sie noch nicht im richtigen Alter für gewisse Erwachsenenangelegenheiten wie Lippenstift – als junges Mädchen blieb man lieber ganz natürlich. Dafür setzte sie mit einer Perlenkette Akzente, denn das mit dem Akzentesetzen, dachte sie, kann auf gar keinen Fall schaden. Wenn schon nicht mit dem Lippenstift, dann wenigstens mit einer Perlenkette. Die lieh sie sich von einer eleganten Fledermausdame, die ihr aus purer Nettigkeit auch ein paar hochhackige Schuhe leihen wollte. Aber auf die verzichtete sie lieber, weil sie in hochhackigen Schuhen nicht laufen konnte und bei ihrem eigenen Wahlkampfessen bestimmt gestürzt wäre, und beim eigenen Wahlkampfessen sollte man lieber nicht stürzen. Hochmut kommt vor dem Fall, dachte sie und verließ das Haus in Pantoffeln, ohne Lippenstift, aber mit Perlenkette, die sie beinahe erwürgte, da der Hals einer Fledermausdame wesentlich dünner war als ihr eigener.

Auf dem Wahlkampfessen fühlte sie sich verpflichtet, zu ihren Gästen zu sprechen und lange, gewundene Reden zu halten, zu sagen, was sie nach ihrer Wahl zu tun gedenke und wie sie die Welt verändern würde. Mit anderen Worten: Sie fühlte sich dazu verpflichtet, ein Wahlprogramm zu haben.

Sie wollte gerade auf den Tisch steigen, um ihre erste programmatische Rede zu halten, als mindestens zehn Kollegen ihr zuvorkamen, sich auf sie stürzten und sie zu Boden warfen, wie es sonst nur Rugbyspieler tun.

»Warum lasst ihr mich nicht auf den Tisch?«, fragte sie.

Sie erklärten ihr, dass der Kandidat bei seinem Wahlkampfessen weder handeln noch sprechen darf: Er muss nur anwesend sein. Je weniger er spricht, desto besser, denn so macht er sich weniger Feinde und erreicht einen größeren Konsens, wie man so schön sagt.

Man erklärte ihr, dass die Wahlkampfessen einem ganz anderen Zweck dienen, nämlich dem, wieder einen Teil der Kosten hereinzuholen. Denn so eine Kandidatur ist teuer, weshalb es nur recht und billig ist, dass die Wähler mit dafür aufkommen, dass man ihnen den großen Gefallen tut, sich wählen zu lassen. Und Gefälligkeiten sind in dieser Welt nun mal immer mit Kosten verbunden.

»Aber niemand hat mich gebeten zu kandidieren …«, wandte sie schüchtern ein.

»Das spielt überhaupt keine Rolle, du tust ihnen trotzdem einen Gefallen!«

»Was für einen Gefallen denn?«

Aber darauf antwortete schon niemand mehr, denn alle waren ausgeflogen, und man hörte nichts als das übliche Rauschen in der Luft.

Sie lernte auch, vor Publikum zu sprechen, ohne irgendetwas von Bedeutung zu sagen. Sie blieb mitten auf der Straße oder auf einem Platz stehen, erklomm das Wägelchen ihrer Mutter, das ihr als Podest diente, und sprach zu den Massen, indem sie bestimmte Wörter benutzte, die sie auswendig gelernt hatte. Normalerweise beendete sie ihre Rede mit dem Versprechen, sich im Falle einer Wahl mit den anderen Fledermäusen zusammenzusetzen und die Prioritäten festzulegen.

Die Massen hörten ihr weder zu, noch sahen sie sie an, weil sie etwas Besseres zu tun hatten, zum Beispiel im Supermarkt einkaufen, mit den Kindern auf den Spielplatz gehen oder eine Bar aufsuchen, über Fußball reden und sich ein schönes Bier gönnen.

Jedes Mal wenn sie zu den Massen gesprochen hatte, stieg sie von ihrem Wägelchen herab und zog es hinter sich her, um einen neuen Platz, eine neue Straße und neue Massen aufzusuchen. Auf diese Weise schlug sie die Zeit tot.

Ihr tat nur leid, dass ihr Wägelchen, also das Einzige, was ihr von ihrer Mutter noch geblieben war, nun als Podest herhalten musste.

»Armes Wägelchen«, sagte sie und strich ihm zärtlich über das Holz, »wie tief bist du gesunken, dass du jetzt als Podest für eine Wahlkämpfertochter herhalten musst!«

Abends hängte sie sich zusammen mit den anderen an einen Dachbalken und versuchte zu schlafen. Aber sie schlief nicht, denn mittlerweile taten ihr die Beine weh. Sie hatte schließlich keine Krallen wie die Fledermäuse, weshalb sie die Beine die ganze Nacht über anspannen und krümmen musste, um nicht vom Dachbalken zu fallen. So erlitt sie bis dahin ungekannte Qualen, die ihr am nächstenMorgen unerträgliche Schmerzen bescherten.

Zum Glück hörte sie eines Abends ein leises Stimmchen nach ihr rufen:

»He du, würdest du kurz runterkommen?«

Sie ließ sich zu Boden plumpsen und sah eine

kleine, abgezehrte Fledermaus, die eher grau als schwarz war, hellgrau sogar.

»Und wer oder was bist du?«, fragte sie, weil sie sie noch nie zuvor gesehen hatte.

»Ich bin Fledder Drasitzki, der Sohn von Graf Drasitzki.«

»Der Sohn vom großen Grafen Drasitzki?«, fragte sie ungläubig und ein bisschen eingeschüchtert.

»Tja, genau der …«

»Und wieso habe ich dich dann noch nie gesehen?«

»Äh …«

»Äh was?«

»Weißt du, mein Vater … der schämt sich für mich, und deshalb verstecke ich mich tagsüber, damit er sich nicht für mich schämen muss«, entgegnete er mit gesenktem Blick und wurde rot bis in die Ohrspitzen.

»Und warum schämt er sich für dich?«

»Nun ja …, ich bin nicht unbedingt gelungen, siehst du das denn nicht? Ich schaffe es zum Beispiel nicht, richtig schön schwarz zu werden. Ich gehe zwar unter die Dusche, aber mein Fell wird davon bloß grau statt richtig schwarz … Du hast es gut!«

»Ich hab es gut? Warum?«

»Weil du gelb bist. Ich weiß sehr wohl, dass du

gelb bist, weil ich dich gesehen habe, als du hier angekommen bist. Und jetzt bist du schwarz, aber nur weil du unter die schwarze Dusche gehst. Ich gäbe alles darum, so gelb zu sein wie du.«

Sie hatte sich noch nie Gedanken darüber gemacht, welche Farbe sie eigentlich hatte. Sie sah unter ihren Achseln nach, wo die schwarze Dusche nicht hinkam, und tatsächlich, ihre Federn waren von einer merkwürdig hellen Farbe, die sie an anderen noch nie gesehen hatte, weder an den Bibern, noch an den Fledermäusen. An jenem Abend war sie sehr glücklich, weil sie wieder etwas über sich gelernt hatte: Zuerst hatte ihr der alte Reginald Biber beigebracht, dass sie Federn hatte, und jetzt hatte sie erfahren, dass sie gelb war. Es ist sehr schön, immer wieder etwas Neues über sich zu erfahren.

In jener Nacht blieben sie und Fledder bis zum Morgengrauen auf, redeten und wurden dicke Freunde. Denn wenn man die ganze Nacht aufbleibt, um miteinander zu reden, ist es anschließend höchst unwahrscheinlich, dass man nicht zu dicken Freunden geworden ist.

Am nächsten Morgen gingen sie gemeinsam unter die schwarze Dusche. Und Fledder Drasitzki gelang es wieder nicht, so schön schwarz zu werden wie die anderen. Da war einfach nichts zu machen, er blieb grau. Bei seinem Vater wuchs die Bestürzung, und auch an jenem Morgen schimpfte er mit seinem armen Sohn:

»Meine Güte, Fledder, ist es denn die Möglichkeit, dass du nicht einmal duschen kannst? Sieh dich doch nur mal an, sieh nur, wie blassgrau du bist, das ist ja ekelhaft!«

Fledder wäre am liebsten im Erdboden versunken. Er hatte seinen Vater sehr lieb und hielt es kaum noch aus, ihn so enttäuschen zu müssen. Auch er wäre gern so eine herausragende Fledermaus gewesen: hochgewachsen, schwarz, mächtig. Aber vielleicht war er ja deshalb so klein und grau, weil er hoffte, den Vater weniger zu enttäuschen, wenn er sich klein machte.

»Ach Fledder, nimm es dir nicht so zu Herzen«, tröstete sie ihn. »Lass uns zusammen zur Arbeit gehen!«

Aber er wollte nicht mit und behauptete, er müsse sich im Loft verstecken, um seinem Vater keine Schande zu machen.

»Du kannst mir nicht zufällig beibringen, gelb zu werden?«, fragte er sie unvermittelt und wurde rot bis in die Ohrenspitzen.

Sie hätte dieser misslungenen kleinen Fledermaus liebend gern geholfen, aber Fledders Ansinnen war dermaßen verrückt, dass sie gar nicht wusste, wo sie anfangen sollte. Außerdem wusste sie nicht recht, ob der Sohn des großen und mächtigen Grafen Drasitzki überhaupt gelb werden durfte.

»Ich möchte deinen Vater nicht verärgern …«, sagte sie.

Dazu kam, dass sie nicht die geringste Ahnung hatte, wie man jemandem dabei helfen könnte, die Farbe zu wechseln. Sie überlegte einen Moment, aber alles, was ihr einfiel, war, sich eine winzige gelbe Feder aus der Achsel zu reißen. Gedacht, getan, und so schenkte sie Fledder eine ihrer Federn. Sie wusste nicht recht, ob das wirklich funktionieren würde: Ehrlich gesagt, konnte sie sich nicht vorstellen, dass eine einzelne gelbe Feder ausreichte, um eine Fledermaus gelb zu machen. Doch da sie keine bessere Idee hatte, sagte sie zu Fledder:

»Für den Anfang nimmst du diese Feder hier, denn ist der Anfang erst mal gemacht, geht der Rest wie von selbst.«

Das war ein Satz, den sie im Alltag oft gehört hatte, von wem, wusste sie nicht mehr so genau, aber das tat nichts zur Sache, denn es war ein Satz, der stets große Wirkung zeigte. Und auch bei Fledder verfehlte er seine Wirkung nicht: Er nahm die Feder und verbarg sie in Höhe seines Herzens unter dem Umhang – er tat dies mit einer derartigen Umsicht, als hüte er von nun an ein großes Geheimnis.

Anschließend begannen sie ihre Gemeinschaftsarbeit, und zwar folgendermaßen: Sie plauderten auf dem Podest miteinander und redeten über das, was ihnen gerade so einfiel, schließlich hörte ihnen sowieso niemand zu. Anschließend applaudierte sie ihm und er ihr, was wirklich ein genialer Schachzug war: Weil in der Masse jeder tut, was die anderen tun (sonst könnte man kaum von Masse sprechen), begannen schließlich alle, ihnen zu applaudieren.

Auf diese Weise wurden die beiden in kürzester Zeit zu den wichtigsten Kandidaten, zu Spitzenkandidaten, wie es so schön heißt.

Graf Drasitzki war sehr stolz auf seinen Sohn, und als er ihn am Abend mit seiner neuen Freundin nach Hause kommen sah, fragte er:

»Na, Kinder, wie ist es heute gelaufen?«

»Hervorragend, Papa!«, entgegnete ihm Fledder sofort.

»Bravo, mein Sohn! Aber vergiss die schwarze Dusche nicht! Ich finde dich immer noch ein bisschen grau!«

Er sagte das, ohne groß darüber nachzudenken. Schließlich muss man Kinder stets dazu ermahnen, ihre Sachen ordentlich zu erledigen, selbst wenn sie sie bereits ordentlich erledigen. Graf Drasitzki zufolge sollte man Kinder überhaupt nur dann ermahnen, wenn sie ihre Sachen bereits ordentlich erledigten, denn von den anderen wird man sowieso nur bitterlich enttäuscht ... Das sagte Graf Drasitzki auch stets zu seinen Kollegen, die, obwohl selbst kinderlos, eifrig dazu nickten.

Am Ende gewannen sie und Fledder die Wahlen. Und nachdem sie sie gewonnen hatten, wurde Fledder rot bis in die Ohrenspitzen, während sie von Zweifeln und Erschöpfung gepackt wurde und Fledder fragte:

»Und jetzt, wo wir gewählt sind – was machen wir jetzt?«

Worauf Fledder entgegnete:

»Ich habe keine Ahnung.«

Und so kam es, dass er immer noch kleiner und grauer wurde, und das in einem Ausmaß, dass sie schon befürchtete, er würde eines Tages – puff! – völlig verschwinden.

Sie wurden wochenlang gefeiert. Man führte sie im Triumphzug durch alle Straßen des Zentrums und ließ hunderte von Champagnerkorken knallen.

Irgendwann sagte Graf Drasitzki:

»Setzen wir uns zusammen und legen die Prioritäten fest!«

Hilfe, schon wieder! Der Tisch senkte sich langsam zu ihnen herab, und alle Fledermäuse setzten sich um ihn herum und legten tagelang Prioritäten fest. Keiner trank mehr Champagner, es wurde weder gegessen noch an den Dachbalken gehangen, um zu schlafen, denn wenn man die Prioritäten festlegt, verliert alles andere an Bedeutung, sogar der Champagner.

Sie blieben etwa einen Monat lang um den Tisch sitzen. Manche verhungerten, andere bekamen eine galoppierende Arthrose in den Beinen, und wieder andere wurden von einer derartigen Müdigkeit übermannt, dass man sie an den Kräutertee-Tropf hängen musste.

Sie und Fledder begriffen nicht. Vielmehr begriff sie nicht, und Fledder versuchte ihr des Nachts in möglichst leisem Flüsterton zu erklären, was er bereits wusste, seit er auf der Welt war.

»Aber was versuchen die da festzulegen?«, fragte sie.

»Die Prioritäten.«

»Das habe ich schon verstanden, aber was um alles in der Welt sind Prioritäten?«

»Die Sitze, meine Güte«, seufzte Fledder und wurde auf einmal ganz traurig.

»Was für Sitze? Wovon sprichst du, Fledder?«

»Die Sitze … Das bedeutet«, erklärte Fledder, »dass sie beschließen, wer einen Sitz bekommt und wer nicht.«

»Aber wenn sie doch alle schon draufsitzen auf ihren Stühlen!«, sagte sie, womit deutlich wurde, dass sie wirklich rein gar nichts begriffen hatte. »Wozu brauchen sie da noch Sitze?«

»Aber auf den Sitzen sitzt man nicht …«

»Wozu sind Sitze sonst da?«

»Um zu bestimmen. Mein Vater entscheidet, wer bestimmen darf, und gibt jedem eine Position, die man umgangssprachlich Posten nennt. Je mehr Posten einem zugeteilt werden, desto wichtiger ist man.«

»Und wo stellen sie die Sitze hin?«

»Nirgendwo, die werden nur gezählt! Je mehr Sitze und Posten man hat, desto mehr … zählt man! Wusstest du das denn nicht? Deshalb heißt mein Vater auch …«

»… Graf Drasitzki, logisch!«, sagte sie und beriff mit einem Mal, was sie noch nie zuvor begriffen hatte, dass nämlich der Name Graf Drasitzki eine Bedeutung hatte. Sie hing einen Augenblick ihren Gedanken nach und brach dann in schallendes Gelächter aus:

»Du willst mir also gerade weismachen, dass all die Macht, die dein Vater besitzt, nur darin besteht, Sitze zu zählen?«

Fledder antwortete nicht. Ob dem nun so war oder nicht – es missfiel ihm, dass über seinen Vater gelacht wurde, denn immerhin war er sein Vater, und er liebte ihn sehr. Sie schwiegen eine Weile, jeder in Gedanken versunken.

»Ich will keinen Sitz«, sagte sie dann.

»Ich auch nicht«, sagte er.

Sie liefen auf und davon.

Nicht dass sie das vorher beschlossen hätten, sie erwähnten es mit keiner Silbe: Sie liefen einfach auf und davon. Sie krochen unter dem Tisch hervor und fanden sich auf der Straße wieder, zum ersten Mal in Freiheit, ohne die Verpflichtung, durch die Stadt zu ziehen und zu kandidieren.

Sie bogen um die Ecke, und weg waren sie! Sie ließen sich gut gelaunt treiben, immer weiter fort vom Zentrum. Sie kamen in einen Stadtteil namens Peripherie, wo es keine Wolkenkratzer, sondern kleine, niedrige Wellblechhütten gab. Hier waren die Straßen nur noch schlammige Wege, und Autos fuhren auch keine, da die hiesigen Einwohner nicht ein einziges besaßen. Stattdessen hatten sie viele Kinder, die auf den schlammigen Straßen spielten.

»Schön hier, nicht wahr?«

»Ja.«

Die Kinder beäugten sofort ihr Wägelchen und wollten damit spielen. Sie überlegte einen Moment und lieh es ihnen.

»Das ist ein Skateboard!«, riefen sie vergnügt, sprangen mit beiden Füßen darauf und los ging's über die schlammigen Straßen. Sie versuchten auch Treppen und Geländer hinunterzufahren und übten sich in Sprüngen mit akrobatischen Landemanövern.

Dann fanden sie einen t-förmigen Ast und nagelten ihn als Lenker an das Wägelchen. So kam es, dass das Wägelchen auf einmal einen Lenker hatte.

»Ein Roller!«, riefen die Kinder ganz außer sich vor Freude.

»Das ist ein Fahrrad!«, rief eines, das dicker und kleiner war als die anderen, sprang rittlings darauf und stieß sich mit seinen nackten dicken Füßen vom Boden ab. Mit viel gutem Willen konnte es wirklich als eine Art Fahrrad durchgehen, allerdings ein sehr niedriges, gedrungenes, vierrädriges, das anstelle des Sattels nur ein Brett hatte, so breit wie ein Pantoffel.

Die beiden saßen unter einem Baum und sahen den Kindern beim Spielen zu. Sie sagte nichts. Sie sagte nicht, dass dieses Wägelchen in Wirklichkeit gar kein Wägelchen war, sondern alles, was ihr von ihrer Mutter geblieben war. Sie sagte es deshalb nicht, weil man manche Dinge einfach nicht erklären kann. In solchen Fällen ist es besser, man schweigt. Und so glaubten an jenem Tag manche, mit einem Skateboard zu spielen, andere mit einem Roller und wieder andere mit einem Rennrad. Woher hätten sie auch wissen sollen, dass sie in Wirklichkeit mit etwas spielten, das für jemand anderen alles war, was ihm von seiner Mutter geblieben war?

Als es Abend wurde, war die Peripherie wie ausgewechselt. Eine ausgelassene Stimmung lag in der Luft, die Wellblechhütten wirkten nicht mehr wie Wellblechhütten, und nachdem das magische Wägelchen ununterbrochen auf den Straßen hin und her gesaust war, waren auch sie nicht mehr schlammig, sondern wirkten wie asphaltiert.

»Kommt ihr morgen wieder?«, wollten Erwachsene wie Kinder von ihren beiden neuen Freunden wissen, die ihre Welt verändert hatten.

Fledders Miene hatte sich unterdessen verfinstert, und als alle zum Abendessen nach Hause gingen, sagte er ihr ohne Umschweife, dass er wieder zurückmüsse.

»Mein Vater ist stolz auf mich«, sagte er, »und da will ich ihn nicht ausgerechnet jetzt enttäuschen.«

Das mit dem stolzen Vater verstand sie nicht. Aber sie hatte ja auch keinen Vater, wie hätte sie das verstehen sollen? Und so ließ sie Fledder gehen, wenn er es denn unbedingt wollte. Schade. Allein auf und davon zu laufen, ist etwas anderes, als zu zweit auf und davon zu laufen, doch kommt Zeit, kommt Rat.

»Versuch wenigstens, gelb zu werden …«, rief sie ihm nach. Klein und abgezehrt wie er war, befand er sich schon in weiter Ferne.

Sie sah, wie er sich in Höhe des Herzens unter den Umhang fasste, dorthin, wo er die gelbe Feder versteckt hatte, und ihr mit dem Flügel ein Okayzeichen gab.

Er war nur noch ein winziger Fleck von einer Fledermaus, der sich im Nebel der Stadt verlor. Er kehrte an jenen Ort des Rauschens zurück, wo sich große Tische vom Himmel senken, die Leute weder miteinander sprechen noch sich zuhören und wo man niemals auf der Straße spielt. Er kehrte zurück, weil dort sein Platz war, aber zumindest hatte er den Traum, eines Tages gelb zu werden.

Sie wartete, bis es Nacht wurde, nahm ihr Wägelchen, das mittlerweile einen Lenker hatte und ein Roller geworden war, und los ging's: Ein Fuß auf dem Boden, den anderem auf dem Brett, flitzte sie die Straßen entlang.

Gut, dass das Wägelchen ein Roller geworden war, dachte sie, so brauchte sie niemanden, der sie zog. Und das war auch gut so, weil es niemanden gab, der sie gezogen hätte.

In jener Nacht gab es einen so heftigen Wolkenbruch, dass die ganze schwarze Farbe aus ihren

Federn gewaschen wurde. Und so kam es, dass sie am nächsten Morgen erneut so aussah, wie sie stets ausgesehen hatte: gelb. Aber sie kümmerte sich nicht weiter darum. Ob sie nun eine gelbe oder eine schwarze Fledermaus war, war ihr einerlei. Sie wollte nur noch weg, wenn auch ohne ein Ziel vor Augen.

In der Langbeinsiedlung

Es ist wirklich unglaublich, wie wir selbst in der dramatischsten, unangenehmsten und schwierigsten Situation noch auf Details achten. Wir lassen uns von Details verzaubern, von winzigen unbedeutenden Details, die unsere ganze Aufmerksamkeit in Beschlag nehmen. Sie war müde, abgerissen und hungrig. Sie war nun schon ein Jahr unterwegs und brauchte etwas zu essen und einen Platz zum Schlafen. Aber sie blieb wie verzaubert vor einem Garten stehen.

In dem Garten sprang ein Mädchen Seil. Es hatte zwei Zöpfe, eine Brille und weiße Kniestrümpfe. Vielleicht trug es auch blaue Spangenschuhe, aber da war sie sich nicht sicher, weil sie zu verzaubert war, das Seil bestaunte und die Kunstfertigkeit, mit der das Mädchen es durch die Luft kreisen ließ.

Ein Jahr war vergangen, und in jenem Jahr war sie niemandem begegnet, nicht einmal einem Hund, da sie an Straßen ohne Häuser, Dörfer und Städte entlanggefahren war, Straßen ohne alles, solche die durch Wälder und über Felder, an Seen und Flüssen entlang und über die Berge führten. Das Mädchen war somit das erste Lebewesen, das sie sah, und es gefiel ihr sehr.

»Darf ich mitspielen?«, fragte sie.

Das Mädchen antwortete: »Aber sicher.« Und so spielten sie den ganzen Tag zusammen.

Als es Abend wurde, erwartete sie, dass sie das Mädchen ins Haus bitten würde, aber das Mädchen verabschiedete sich anstattdessen mit den Worten:

»Danke, dass du mit mir gespielt hast. Bis bald.«

»Bis bald wann?«

»Keine Ahnung …, bis bald eben.«

Sie wusste nicht, dass es unter Menschen üblich ist, »bis bald« zu sagen, auch wenn man sich nie mehr wiedersieht. Das ist so eine Redensart. Die Menschen lieben solche Redensarten, ohne sich groß Gedanken darüber zu machen, sie benutzen sie ganz einfach, mehr nicht.

Und so kam es, dass sie ein ganzes Jahr lang mutterseelenallein durch die Welt gegangen war, ohne sich je zu beklagen, und an jenem Abend, in jenem Garten, vor jenem Mädchen ganz plötzlich ein Gefühl völliger Einsamkeit und Verlassenheit überkam. Obwohl das vollkommen unschicklich ist, lud sie sich selbst ein. Sie sagte zu dem Mädchen:

»Kann ich nicht zufällig bei dir bleiben?«

Das Mädchen warf ihr einen traurigen Blick zu und antwortete:

»Nein, das geht nicht.«

Um gleich darauf hinzuzufügen:

»Es tut mir leid.«

Und als es sah, wie ungläubig und verständnislos sie dreinschaute, fügte es noch hinzu:

»Das geht nicht, weil ich adoptiert bin.«

»Und was bedeutet das, adoptiert?«

»Das heißt, dass ich keine eigenen Eltern habe.«

»Auch ich habe keine eigenen Eltern. Bin ich auch adoptiert?«

»Du hast keine eigenen Eltern?«

»Nein, ich habe gar keine Eltern.«

»Dann bist du auch nicht adoptiert. Ich schon. Doch meine Eltern können nicht noch jemand zweiten adoptieren, weil sie ja mich schon haben und ich ihre einzige Adoptivtochter sein will. Wenn ich dich hereinbitte, adoptieren sie dich hinterher auch noch, und dann bin ich nicht mehr ihre einzige Adoptivtochter. Deshalb kann ich dich nicht hereinbitten.«

Mit diesen Worten hüpfte das Mädchen zurück ins Haus. Sie sah von draußen, wie innen die Lichter angingen. Sie sah eine Frau am Herd und einen Pfeife rauchenden Mann im Sessel. Sie sah, wie die Töpfe auf dem Herd dampften, wie die Pfeife qualmte, und dachte, wie schön es gewesen wäre, dazuzugehören.

Es wurde Nacht, aber sie konnte sich von diesem Anblick nicht losreißen. Als das Mädchen am nächsten Morgen das Haus verließ, um zur Schule zu gehen, sah es, dass sie immer noch da war und in einem Winkel des Gartens unter einem Farnblatt kauerte. Es grüßte sie. Als es von der Schule nach Hause kam, grüßte es erneut, und zwar durchaus freundlich, woraufhin es zum Mittagessen ins Haus ging. Nach dem Mittagessen kam es in den Garten und wollte mit ihr spielen, mit ihr Seilspringen, genau wie am Tag zuvor. Es rief nach ihr, lud sie ein, mitzuspielen, aber sie reagierte nicht, sie blieb unter dem Farnblatt sitzen und rührte sich nicht vom Fleck.

»Bist du krank?«, fragte das Mädchen.

»Nein.«

»Bist du müde?«

»Nein.«

»Was hast du dann?«

»Ich fühle mich niedergeschlagen«, entgegnete sie.

Das Mädchen sprang den ganzen Tag allein Seil. Es wollte gerade zum Abendessen ins Haus gehen, als ihm etwas einfiel. Wahrscheinlich hatte es Mitleid mit seiner Freundin, die da so ganz allein unter dem

Farn kauerte, vielleicht wollte es auch einfach nur nett sein, mehr nicht. Es ging zu ihr hin, bog das Farnblatt zur Seite und sagte:

»Warum lässt du dich nicht auch adoptieren?«

»Aber wie stellt man das an?«

»Das weiß ich nicht«, sagte das Mädchen. Und wandte sich wieder seinem Seil zu.

»Entschuldigen Sie, wie wird man adoptiert?«, fragte sie die Passanten. Niemand würdigte sie auch nur eines Blickes, bis ein freundlicher, älterer Herr stehen blieb, der ganz in Weiß gekleidet war, einen langen weißen Bart hatte und zurückfragte:

»Wer oder was bist denn du?«

»Eine Fledermaus«, antwortete sie.

»Gut, dann hör mir mal gut zu, liebe Fledermaus …«

Er erklärte ihr, dass man erst eine Familie finden muss, bevor man adoptiert werden kann.

»Und wo findet man eine Familie?«

Der freundliche Herr machte eine ausholende Geste und sagte:

»Überall!«

»Überall, aber wo genau?«

»In den Mehrfamilienhäusern! Siehst du? Hier in

der Gegend gibt es lauter Mehrfamilienhäuser. Du musst nämlich wissen, liebe Fledermaus, dass wir uns hier in einem Wohngebiet befinden, weshalb alle in einer Wohnung oder einem Mehrfamilienhaus mit Gartenanteil wohnen. Wo willst du eine Familie finden, wenn nicht hier in diesem Wohngebiet? Du musst lediglich in eines der Mehrfamilienhäuser gehen und alle Stockwerke abklappern … Viel Glück!«

Sie war hochzufrieden, in einem Wohngebiet gelandet zu sein, auch wenn sie so das dumpfe Gefühl hatte, dass die Leute in einem Wohngebiet ziemlich gebieterisch sind. Damit hatte sie – abgesehen von dem freundlichen Herrn – leider recht.

Sie hatte keine große Lust, die Mehrfamilienhäuser zu betreten, und stellte es sich recht langweilig vor, alle Stockwerke abzuklappern, noch dazu mit einem Roller im Schlepptau … Also fragte sie den freundlichen Herrn, ob nicht er sie netterweise adoptieren könne. Aber der freundliche Herr lachte nur, er lachte so sehr, dass ihm das Gebiss herausfiel.

»Aber ich bin doch keine Familie!«, sagte er zwischen den einzelnen Lachsalven. »Weißt du nicht, wer ich bin?«

»Nein, wer sind Sie denn, mein Herr?«

»Ich bin der Verwalter.«

»Aha! Und was macht ein Verwalter?«

»Ich verwalte die Mehrfamilienhäuser. Weißt du, wie viele das sind? Jede Menge. Als ob ich Zeit hätte, jemanden zu adoptieren …«

Und wieder lachte er wie verrückt.

Daraus schlussfolgerte sie, dass freundliche Herren Verwalter sind und Verwalter weißbärtige Herren mit vielen Familien, die sie Mehrfamilienhäuser nennen.

Sie beschloss, Folgendes zu tun: Sie betrat eines der Mehrfamilienhäuser und kratzte vorsichtig an den Wohnungstüren, denn die Klingeln konnte sie nicht erreichen. Dann stellte sie das Wägelchen auf den Fußabtreter, ringelte sich darauf zusammen und wartete. Wo keine Fußabtreter lagen, kratzte sie gar nicht erst an der Tür, denn wenn die nicht einmal einen Fußabtreter haben, so dachte sie, werden sie wohl kaum jemanden adoptieren! Sie wartete ein Weilchen, bis die Tür aufging, und wenn sie nicht aufging, stieg sie einfach ein Stockwerk höher, und dann noch ein Stockwerk höher bis hinauf zum Dachboden.

Das tat sie Tag für Tag. Sie betrat Hunderte von Mehrfamilienhäusern, und dann und wann traf sie den weiß gekleideten freundlichen Herrn, den Verwalter, der ihr aus der Ferne zuwinkte.

Die Ärmste harrte auf ungefähr zweitausenddreihundertvierzig Fußabtretern aus. Danach hörte sie auf zu zählen. Sie fühlte sich sterbenselend, klapperte jedoch unermüdlich alle Mehrfamilienhäuser ab, jedes Stockwerk, jeden Fußabtreter.

Im Allgemeinen machte man ihr nicht auf, weil man ihr Kratzen gar nicht hörte, oder aber man machte ihr auf und machte die Tür sofort wieder zu, da sich niemand dazu herabließ, groß über die eigene Nasenspitze hinauszublicken und schon gar nicht nach unten!

Bis eines Tages doch eine Tür aufging und offen blieb.

Es hatte sie nämlich in ein ganz besonderes Wohngebiet verschlagen, wo alle Bewohner dürr und riesengroß waren, wie lauter Riesengrissini, nur quadratischer. So ähnlich wie bei den Spaghetti, wo es welche in Spaghettiform gibt und welche *alla Chitarra*, die eher quadratisch sind.

Die Tür, die sich schließlich öffnete, befand sich in einem dieser Grissini-Mehrfamilienhäuser. Und was sie da vor sich sah, waren zwei Grissini-Beine: Lang und schlank wie zwei Riesenzahnstocher ragten sie vor ihr empor. Sie blickte nach oben und sah einen spitzen Schnabel auf sie herabstoßen, der sie eingehend musterte. Vorausgesetzt, dass Schnäbel zu so etwas in der Lage sind …

Dann sprach der Schnabel, aber nicht mit ihr, sondern mit jemandem, der irgendwo in der Wohnung war:

»Ingo, da steht eine Art gefiedertes Gefährt vor der Tür …«

Mit diesen Worten wurde die Tür wieder geschlossen. Sie blieb stocksteif davor stehen, wie zur Salzsäule erstarrt. Was nun? Man macht mir auf, man sieht mich und dann schlägt man mir die Tür vor der Nase zu? Sie kletterte von ihrem Wägelchen und kratzte erneut an der Tür.

»Ich bin nicht die, für die Sie mich halten, meine Dame!«, sagte sie wutentbrannt.

»Und wer oder was sind Sie dann?«

»Ich bin eine arme Fledermaus, die ihre Mutter verloren hat!«

»Und was hat es mit diesen Rädern auf sich?«, fragte der Schnabel, der neugierig immer näher kam.

»Wenn Sie mich adoptieren, verrate ich's Ihnen.«

»Ich dich adoptieren? Wieso denn das?«

»Mir hat ein weiß gekleideter freundlicher Herr gesagt, dass ich mir jemanden suchen soll, der mich adoptiert.«

»Und wer soll das sein?«

»Wenn Sie mich adoptieren, sag ich's Ihnen.«

»Schön und gut, aber wie stelle ich es an, dich zu adoptieren?«

Das wusste sie beim besten Willen nicht, aber sie sagte:

»Wenn Sie mich hereinbitten …, dann haben Sie mich adoptiert.«

»Ingo!«, schrie der Schnabel in die Wohnung.

»Würdest du bitte mal einen Moment herkommen? Da ist eine Fledermaus auf Rädern, die sich adoptieren lassen will …«

Madame Kra hatte Herrn Ingo Flam eines grauen Morgens in der Camargue geheiratet, nachdem sie ihn dabei bewundert hatte, wie er vom Toten Tümpel aufflog und sich mit seinem rosa Federkleid ganz phantastisch vom bleifarbenen Herbsthimmel abhob. Ein rosa Ehemann ist einfach perfekt, dachte Madame Kra. Meine Freundinnen werden platzen vor Neid!

Und tatsächlich war Madame Kra die einzige Kranichdame, die einen rosa Flamingo geheiratet hatte, denn normalerweise heirateten Kraniche untereinander. Doch es war nun einmal so, dass sie einen angeborenen Sinn für die Schönheit der Farben besaß und fand, Rosa passe hervorragend zu Grau, sei es zum Grau der Wolken in der Camargue, sei es zum grauen Federkleid einer Kranichdame.

In die Camargue kehrten sie nicht mehr zurück, denn nachdem sich Herr Flam erst einmal eingewöhnt hatte, litt er unter Zugluft, und der in der Camargue durch im Sand galoppierende Wildpferde erzeugte Wind war ihm einfach unerträglich.

Und so hatten sie sich hier niedergelassen, im Wohngebiet der Grissini-Mehrfamililienhäuser, die sich Langbeinsiedlung nannte, weil dort nur Lebewesen mit extralangen Beinen, und zwar maximal zwei Beinen, wohnen durften: Reiher, Flamingos, Kraniche, Störche, Skispringer, aber keine Giraffen, die zwar lange Beine haben, aber vier, nicht zwei. Die Siedlung war außerdem für sämtliche niedrigen und schnellen Fahrzeuge gesperrt, einschließlich der Rasenmäher des Verwalters, die bei ihrem verrückten Tempo die schlanken, spaghettiähnlichen Beine der hier ansässigen langbeinigen Bewohner hätten durchschneiden können – Beine von Bewohnern, die sich aufgrund eben ihrer Beine nur sehr langsam und gemessen fortbewegen konnten. Abgesehen davon waren Fortbewegungsmittel jeder Art ohnehin überflüssig, da alle mit Flügeln ausgestattet waren.

Es handelte sich also um eine sehr ruhige, elegante Überfliegerwohngegend, nur dass das Unkraut hier höher wuchs, weil niemand im Traum daran dachte, selbst Hand anzulegen.

So war das wuchernde Unkraut die größte Sorge der Bewohner der Langbeinsiedlung.

Herr Ingo Flam kam mitnichten zur Tür, als seine Frau nach ihm rief, er blieb reglos sitzen, wo er war, spindeldürr auf dem grauen Samtsofa ausgestreckt und völlig in den Anblick seines Zitronentees vertieft. Es war nämlich gerade Teestunde, und das Ehepaar ließ ihn sich wie jeden Tag von seinem chinesischen Butler Kla Fu im Salon servieren.

Doch als seine Frau hereinkam, gefolgt von jenem merkwürdigen Federvieh, das ein Wägelchen mit Lenker hinter sich herzog, sprang Herr Ingo Flam, ganz Gentleman, sofort auf und machte in voller Länge eine majestätische Verbeugung vor seinem neuen Gast.

Welcher ihn überwältigt bestaunte: Er trug einen geblümten Morgenrock, der ihm bis zu den Füßen reichte, und um den Hals einen endlos langen Schal aus fuchsienroter Shantungseide. Herr Ingo Flam war nämlich ebenso rosa wie raffiniert und hochelegant.

»Entschuldige, Ingo: Ich glaube, wir haben dieses kleine Federvieh soeben adoptiert … Apropos, Kleines, du weißt also nicht, wer deine Mutter ist …«, fragte Madame Kra.

»Natürlich weiß ich das!«

Was für ein merkwürdiges Adoptivkind, dachte Madame Kra.

»Und wo ist deine Mutter?«

»Das weiß ich nicht, sie wurde mir gestohlen.«

»Unsinn! Man stiehlt keine Mütter!«

»Meine schon.«

»Aber wer ist deine Mutter, Kleines?«

»Ein Pantoffel.«

»Ingo, um Himmels willen, sag doch endlich auch mal was!«

Die Dame hatte diesen Unfug mehr als satt, junge Leute und ihre Pubertätsprobleme, Ecstasy, Jugendtreffs. Und jetzt noch eine, die behauptete, die Tochter eines Pantoffels zu sein.

Sie läutete nach dem guten Kla Fu und befahl ihm, noch ein paar Törtchen mit Erdnusscreme zu bringen.

Sie tranken Tee und aßen Törtchen. Die Kleine wusste nicht, dass man die Zitronenscheibe in den Tee gibt, kaute auf ihr herum und fand sie reichlich ekelhaft. Das und die Tatsache, dass sie ihren Tee laut schlürfend zu sich nahm, irritierte die Flams sehr, die beschlossen, dass sie sie unmöglich adoptieren konnten.

»Aber warum nicht?«, fragte sie verzweifelt.

»Na, sieh dich doch mal an: Du hast keine langen Beine!«

Die Flams waren alles andere als bösartig. Sie glaubten nur fest an eine Welt, in der alles seine Ordnung hatte. Und diese Ordnung, so glaubten sie, bestehe darin, nichts durcheinanderzubringen, also das zusammenzubringen, was zusammengehört, und das auseinanderzuhalten, was auseinander gehört.

Sie erklärten ihr, dass es für sie – hätte sie nur lange Beine gehabt – kein Problem gewesen wäre, sie bei sich in der LangBeinSiedlung aufzunehmen. Die hiesigen Mehrfamilienhäuser wurden nämlich von Leuten mit Format oder gar Hochformat bewohnt: Wie sie bereits feststellen konnte, lebten dort Lebewesen ganz unterschiedlicher Herkunft und Gestalt wie Reiher, Störche, Flamingos, Kraniche … Unter der einzigen Bedingung, dass sie lange Beine hatten, und zwar ausdrücklich nur zwei. Sie hatte zwar zwei Beine, aber die waren eindeutig kurz und noch dazu ziemlich gedrungen. Da war einfach nichts zu machen.

»Aber …, du könntest dir einen Verlobten suchen!« Madame Kras Miene erhellte sich ob dieser erhellenden Idee.

Selbstverständlich hatte ein Verlobter nicht das Geringste damit zu tun. Aber wenn man in Madame Kras Vorstellungswelt mutterseelenallein und mutterlos war, musste man sich einen Verlobten suchen:

»Sieh mal Kleines, wenn man seine Mutter verliert, nun ja …, da kann man nichts machen, man hat sie einfach verloren, da nützt es auch nichts, sich eine andere zu suchen, meinst du nicht? Stattdessen könntest du dir einen Verlobten suchen, der würde dir bestimmt guttun!«

Und an dieser Stelle warf sie ihrem Mann Ingo, der sich in seinen fuchsienroten Schal aus Shantungseide gehüllt hatte, einen äußerst koketten Blick zu.

»Man sucht im Leben nicht nach einer Mutter, sondern nach einem Verlobten!«

Da sie das Wort Verlobter noch nie zuvor gehört hatte, sah sie perplex an ihren bemitleidenswerten Beinen herab. An ihren wirklich sehr gedrungenen Beinen. Sie hätte sonst was dafür gegeben, zwei so lange, schlanke Beine zu haben …

»Und wie sieht so ein Verlobter aus?«

»Na ja … Er kann unterschiedliches Gefieder haben und … verschieden groß sein …«, entgegnete Madame Kra peinlich berührt.

»Und was macht man mit so einem Verlobten?«

»Nun …, alles Mögliche, meine Liebe …«, entgegnete Madame Kra zunehmend peinlich berührt, »im Moment kann ich mich nicht mehr recht entsinnen.«

»Und was muss man tun, um einen Verlobten zu finden?«, fragte sie weiter, ohne ihre schrecklichen

Beine auch nur eine Sekunde aus den Augen zu lassen.

An dieser Stelle schaltete sich Herr Ingo Flam ein, der sich zu seiner vollen, beeindruckenden Länge erhob und donnerte:

»Zunächst einmal musst du wissen, wer du bist! Denn wenn du selbst nicht mal weißt, wer du bist – wie willst du dann einen tauglichen Verlobten finden?«

Wer war denn jetzt schon wieder dieser Taugedings?, dachte die Kleine, erstickte die Frage aber unter ihren Federn.

Ingo Flam war ein äußerst gebildeter Herr. Er hatte Jurisprudenz studiert, besaß eine Bibliothek mit Tausenden von Büchern, las jeden Tag die Zeitung und sah abends, vor dem Abendessen, mindestens eine Nachrichtensendung. Gebildet wie er war, kamen ihm manchmal beinahe philosophische Gedanken, wie auch diese beiden: Wissen, wer man ist und die Tauglichkeit von Verlobten. Außerdem packte ihn des Öfteren ein wissenschaftlicher Ehrgeiz.

Auch in diesem Moment packte ihn der wissenschaftliche Ehrgeiz: Er eilte los, um seine Brille zu holen, und inspizierte damit sorgfältig seinen Gast, Feder für Feder.

»Mir kommt sie nicht wie eine Fledermaus vor…«,

stellte er nach einer ebenso ausgiebigen wie sorgfältigen Untersuchung fest. »Bevor wir ihr einen Verlobten suchen, halte ich es für notwendig, erst einmal festzustellen, wer oder was sie ist.«

Seine Frau konnte ihm da nur beipflichten. Seine Frau pflichtete ihm in allem bei.

»Schlagen wir im Lexikon nach!«, schlug Madame Kra ihrem gebildeten Mann vor.

Daraufhin verbrachten sie mehrere Abende im Salon, um im Lexikon nachzuschlagen, anstatt fernzusehen. Aber daraus wurden sie auch nicht schlauer, keine Abbildung ähnelte auch nur im Entferntesten ihrem Gast. Herr Flam fand das nicht weiter verwunderlich und ließ die anderen an seinen Überlegungen teilhaben:

»Das ist doch nicht verwunderlich! Eine anständige Recherche dauert Jahre!«

»Ja, Ingo, aber wenn wir Jahre warten, hat die Kleine ihr Verfallsdatum bereits überschritten …«

Das war fein beobachtet. Mit der Zeit überschreiten selbst die besten Produkte ihr Verfallsdatum.

Da hatte Herr Ingo Flam, der lange studiert hatte, eine Idee:

»Schicken wir sie doch einfach zur Schule. Dort wird sie lernen, wer oder was sie ist.«

»Richtig!«, sagte seine Frau. »In der Schule lernt

man alles, das wäre doch gelacht, wenn du dort nicht lernst, wer oder was du bist!«

So wurde sie kurzerhand zur Schule geschickt, in die Klasse von Signora Tolmer.

Signora Tolmer war ein merkwürdiger Fall von Lehrerin, die neben dem Unterricht noch alles Mögliche andere machte: Sie schrieb Romane, züchtete Hühner und Ziegen und träumte von einem Zimmer für sich allein, wo sie im Sessel sitzen, lesen und ununterbrochen eine weiche Katze streicheln könnte.

Wenn sie im Alltag gefragt wurde, was sie mache (etwas, das einem ständig passieren kann, zum Beispiel im Urlaub am Strand, im Zug oder auf dem Einwohnermeldeamt), wusste Signora Tolmer nie so recht, was sie sagen sollte. Sie wusste nie, was sie auf eine solche Frage antworten sollte, vor allem, weil sie nicht wusste, ob sie nun Lehrerin, Schriftstellerin, Züchterin oder Katzenstreichlerin sagen sollte. Deshalb tat sie so, als habe sie die Frage gar nicht gehört, in der Hoffnung, dass sie sich von selbst erledigen und in Luft auflösen würde.

Sie war felsenfest davon überzeugt, dass auf dieser Welt alles fließt und vergeht, auch die Fragen, wenn man muss sie nur vorbeiziehen ließ und sich nicht darauf versteifte, sie um jeden Preis beantworten zu wollen. Dasselbe galt ihrer Meinung nach für Briefe, Nachrichten auf dem Anrufbeantworter und E-Mails: Man konnte sie hervorragend unbeantwortet lassen, solange man nur genügend Zeit verstreichen ließ.

»Willkommen!«, sagte Signora Tolmer und nahm sie in ihre Klasse auf. »Was willst du denn hier, Kleines?«

Das sagte sie nicht, weil sie sie nicht in ihre Klasse aufnehmen wollte, im Gegenteil! Signora Tolmer hatte zahlreiche Aufnahmefortbildungen besucht und hatte überhaupt ein sehr einnehmendes Wesen. Das Problem war nur, dass Mai war und in zwei Wochen die Ferien begannen. Sie hatte also gute Gründe, eine Schülerin zu fragen, was sie in den letzten zwei Wochen vor den Ferien bei ihr an der Schule wollte.

»Nichts!«, entgegnete sie. »Ich bin nur hier, um zu lernen, wer ich bin.«

»Kein Problem, Liebes, das werden wir dir gleich verraten. Klettere ruhig hier auf das Pult, damit dich deine Mitschüler besser sehen können.«

An die Klasse gewandt, fragte sie:

»Also, Kinder, könnt ihr mir sagen, wer oder was sie ist?«

Schweigen.

»Kinder, das darf doch nicht wahr sein, das haben wir doch schon im ersten Schuljahr durchgenommen …«

Schweigen.

»Seht genau hin …«

»Achtet auf die Details …«

»Denkt an die Abbildungen im Lesebuch …«

»Kinder, ich bitte euch, ihr könnt mich doch unmöglich so blamieren …«

Nichts. Die Klasse schwieg.

Bis in der letzten Reihe, ganz hinten rechts, eine kleine, tintenverschmierte Hand gehoben wurde.

»Materasso, sag du es uns!«

Der Schüler, den die Lehrerin mit Materasso aufgerufen hatte, begann zu sprechen. Aber niemand verstand ein Wort. Dazu muss man Folgendes wissen: Materasso war zu seinem großen Unglück Klassenbester, weshalb er von Natur aus immer alles wusste und auf jede Frage, die die Lehrerin der Klasse stellte, immer eine Antwort hatte. Seine Mitschüler konnten ihn nicht ausstehen und sagten ihm, er solle die Klappe halten. Und so kam es, dass er völlig hin- und hergerissen war: Einerseits hatte er das dringende Bedürfnis, auf alles zu antworten, andererseits gab es da seine Mitschüler, die ihm den Mund verboten. Also entschied er sich für den goldenen Mittelweg: ganz leise zu antworten, wirklich sehr leise. Und zwar so, dass die Lehrerin kein einziges Wort verstand, er die Antwort aber trotzdem gegeben hatte.

Doch an jenem Tag fragte Signora Tolmer, die sich durch die Unwissenheit ihrer Schüler nicht noch mehr blamieren lassen wollte, die Klasse:

»Also, Kinder, was hat Materasso gesagt?«

Und alle wiederholten im Chor, was Materasso gesagt hatte, nämlich:

»Eine Ente, Frau Lehrerin!«

Ente.

Das Wort, das seine Mitschüler im Chor wiederholten, war ENTE. So erfuhr sie schließlich, dass sie eine Ente war. Sie *war* eine Ente. Eine gefiederte Ente.

Plötzlich fühlte sich ihr Federkleid bleischwer an. Ihre Gefühle drohten sie schier zu überwältigen. Sie fühlte sich hässlich, müde, nackt, entblößt, künstlich, dumm, übersehen, unbedeutend …

Was hatte »Ente« schon groß zu bedeuten? Sie hatte das Wort noch nie zuvor gehört. Bedeuten Wörter überhaupt irgendetwas? Man hatte sie in ihrem Leben schon mit vielen Wörtern belegt: Pantoffel, Biber, Fledermaus … Diesmal jedoch spürte sie, dass es anders war. Diesmal nannte man sie eine Ente, und sie spürte in ihrem tiefsten Inneren, dass es … wahr war.

Die Wahrheit überwältigte sie.

Die Lehrerin, die ihr Unwohlsein sofort bemerkt hatte, zeigte ihr in einem großen Bilderbuch das Kapitel »Enten« mit vielen Farbfotos. Sie zeigte vor allem auf das Bild einer still am Ufer eines Flusses sitzenden Ente, die stur auf einen fernen Horizont, das verlorene Paradies oder das Angesicht Gottes zu blicken schien.

»Siehst du?«, sagte die Lehrerin. »Das bist du!«

Es war das erste Mal, dass sie sich sah, und die Vorstellung, dieser meditierenden, gedankenverlorenen Ente ähnlich zu sein, gefiel ihr gar nicht mal schlecht.

Sie machte eine Kopie von dem Foto und verbrachte den ganzen Vormittag damit, sie zu betrachten und ausgiebig jedes Detail zu studieren: die Schwimmflossen, die gelben Federn, den Schnabel mit den seitlichen Grübchen, die Flügel …

Flügel?

Dass sie Federn und Beine besaß, wusste sie, genau wie die gelbe Farbe.

Aber der Schnabel!

Die Flügel!

Die Grübchen!

Das war eine echte Entdeckung. Stundenlang schnäbelte und flatterte sie herum, um sich selbst zu beweisen, dass sie einen Schnabel und zwei Flügel besaß. So ist das immer: Wenn man gerade erst etwas an sich entdeckt hat, verbringt man Stunden damit zu gucken, wie es funktioniert. Vor allem begriff sie nicht recht, wozu ein Schnabel und zwei Flügel gut sein sollten. Trotzdem war sie sehr stolz auf sich. Allein das Wissen, etwas zu besitzen, kann uns glücklich machen …

Hüpfend lief sie nach Hause zurück, hüpfte über die Straßen und hüpfte im Bus auf und ab, wobei sie vor sich hin sagte: Ich bin eine Ente, ich bin eine Ente.

Sie war drauf und dran, richtig glücklich zu werden. Am Ende ist es doch schön, zu wissen, wer man ist. Es ist ein Wissen, an dem man sich aufrichten kann und das einem auch in schweren Zeiten ein Trost ist, wenn sich alles um einen herum verändert, wenn man alt wird oder jemanden verliert, den man liebt, einem das Dach über dem Kopf zusammenstürzt … All das spielt keine Rolle, solange man weiß, wer man ist. Es ist die einzige, unumstößliche Sicherheit im Leben.

Sie riss die Tür auf, betrat triumphierend die Wohnung und sagte:

»Meine Herrschaften, ich bin eine Ente!«

Die Herrschaften waren gar nicht zu Hause, denn es war Schlussverkauf, und sie waren zum Einkaufen in die Stadt geflogen.

Als sie zurückkamen, war es bereits Zeit zum Abendessen. Und während des Abendessens wiederholte sie feierlich:

»Ich bin eine Ente!«

»Gut, das haben wir bereits zur Kenntnis genommen«, entgegneten die Flams zwischen einem Gang Salat und einer Blumenkohlcremesuppe.

»Das heißt, ich kann mir jetzt einen Taugedings suchen?«

»Wen?«

»Einen Taugedings, einen Verlobten!«

»Aber natürlich!«, sagte Herr Flam und erhob sich mitsamt seinem gefährlich geblümten Morgenrock. »Jetzt müssen wir dir einen Enterich als Verlobten suchen.«

»Natürlich, Ingo. Deshalb muss sie nun auch die entsprechenden Kreise frequentieren.«

Es gab nur ein Problem. Die Flams betrachteten die Ente vor ihnen lange und schweigend. Je länger sie sie betrachteten, desto schweigsamer wurden sie: Sie fanden sie sehr hässlich.

In diesem Aufzug konnte sie unmöglich andere Enten frequentieren. Deshalb wollten sie sie als Erstes zum Friseur schicken.

Dabei wäre sie tausend Mal lieber wieder zur Schule gegangen. Aber die Flams sagten:

»Jetzt, wo du weißt, wer du bist – was willst du da noch in der Schule? Jetzt, wo du weißt, wer du bist, musst du zum Friseur.«

Am nächsten Morgen wurde sie in aller Herrgottsfrühe von Schmitz, dem Chauffeur, abgeholt und zu Hans, dem berühmten Friseur, gefahren, der den Schönheitssalon »Hans'« führte, der in der ganzen LangBeinSiedlung und Umgebung höchstes Ansehen genoss.

Hans musterte sie von Weitem mit einem abschätzigen Grinsen und kaum verhohlener Verachtung. Dann stürzte er sich auf sie, bewaffnet mit einer unverhältnismäßig großen, rhythmisch klappernden Schere. Mit einem »Platz da, ihr Hübschen!«, schnitt er ihr die Federn viel zu kurz, und aus den wenigen, die noch übrig geblieben waren, machte er ihr einen Pferdeschwanz, den er zu einem beulenförmigen Knoten eindrehte.

»Na, was sagst du jetzt, Schätzchen?«

Das Schätzchen kehrte nach Hause zurück und fühlte sich wie ein ausgewrungener Putzlumpen:

traurig, nützlich, gehorsam, verzweifelt und resigniert. Doch zu Hause wurde sie empfangen wie ein Filmstar, der demnächst den Oscar für die beste weibliche Hauptrolle bekommen soll. Manchmal ist das Leben so was von … zwiespältig!

»Gut«, sagte Madame Kra, »als Nächstes brauchst du ein Kleid.«

»Nein, nicht auch noch ein Kleid!«, schrie die arme Ente entsetzt auf.

Und lief davon.

An jenem Vormittag machte ein Wolf …

An jenem Vormittag machte ein Wolf seinen üblichen Spaziergang. Die Arkaden, unter denen er spazieren ging, waren Teil eines antiken Gebäudes aus dem 18. Jahrhundert, der Wolf war ein junger, vornehmer, schlaksiger einsamer Wolf und der Vormittag ein richtig schöner Frühlingsmorgen.

Es waren nur wenige Leute unterwegs, denn es war erst acht. Der Wolf machte am Kiosk Halt, grüßte höflich die Kioskbesitzerin, eine blonde Frau mittleren Alters, und kaufte seine üblichen drei Zeitungen. Danach setzte er seinen Spaziergang unter den Arkaden fort. Er war gerade dabei, wie jeden Tag in seiner Lieblingsbar einen Kaffee zu trinken, bevor er sich in die Bibliothek zurückziehen würde, um zu schreiben. Er war nämlich ein Schriftstellerwolf. Noch hatte er zwar keine Idee, was er schreiben würde, aber das beunruhigte ihn nicht weiter, weil er wusste, dass die Ideen früher oder später kommen würden.

Stattdessen kam eine Ente auf einem Roller.

Mit den Flügeln hielt sie den Lenker, ein Bein stand auf dem Brett und mit dem anderen stieß sie sich vom Boden ab. Sie machte einen zerstreuten und ziemlich zerzausten Eindruck, wäre fast in ihn hineingefahren, bremste erst im allerletzten Moment und blieb direkt vor seinen Beinen stehen, so als sei sie mit ihm verabredet.

Der Wolf blieb verblüfft stehen.

Dann wollen wir mal sehen, dachte er. Ich habe schließlich kein allzu abenteuerliches Leben. Da ich ein einsamer Wolf bin, passiert mir nie irgendwas, ich verreise nicht, ich kenne nur eine Handvoll Leute, und selbst diese Handvoll sehe ich nur selten. Ich gehe beinahe jeden Tag in die Bibliothek, nehme immer denselben Weg und trinke meinen Kaffe immer in derselben Bar namens »Abraham«, mit den bunt zusammengewürfelten Holztischen, einer rund, einer eckig, einer klein, einer groß. Doch heute ist es acht Uhr morgens, ich bin auf dem Weg in die Bibliothek und mir kommt eine Ente auf einem Roller entgegen … Eigentlich nicht weiter verwunderlich, wenn da nicht der Roller wäre … »Bist du von hier?«, fragte der Wolf, um überhaupt irgendetwas zu sagen.

O nein!, dachte sie, warum kann er mich nicht fragen, wer ich bin?

Ausgerechnet jetzt, wo ich es endlich weiß, hätte ich eine richtige Antwort geben können, und da muss mich dieser Wolf so etwas fragen. Sie war sehr enttäuscht, mit einem Mal kam es ihr vollkommen überflüssig vor, zu wissen, wer sie war. Was geht ihn das überhaupt an, woher ich komme oder wohin ich gehe, nicht nach dem *Wo* hätte er mich fragen sollen, sondern nach dem *Wer*. Man ändert nicht einfach so die Fragen, dachte sie. Deshalb antwortete sie:

»So weit bin ich noch nicht.«

Da sie sich gerade vor der Bar »Abraham« befanden, fragte sie der Wolf, ob sie einen Kaffee wolle. Sie wollte einen, Gott sei Dank. Sie setzten sich an einen der Tische, den eckigen in der linken Ecke, tranken einen Kaffe und aßen eine Brioche dazu.

»Und, was treibst du hier so?«, fragte sie der Wolf.

Er bemerkte, dass sie einen Moment zögerte, so als schäme sie sich, ihm darauf zu antworten. Mit dem Flügel ließ sie die Tasse kreisen.

»Ich bin von zu Hause weggelaufen, weil ich ein Kleid bekommen soll …«, entgegnete sie.

Der Wolf musterte sie aufmerksam. Sie sah wirklich ziemlich zerzaust und zerrupft aus, und gerade jetzt erschien sie ihm besonders nervös. Andererseits war sie sehr hübsch. Der Wolf hätte ihr liebend gern einen Kuss auf den Schnabel gedrückt, aber er konnte sich gerade noch zurückhalten, so, wie es sich für einen einsamen Wolf gehört.

»Nun«, pflichtete er ihr mit verschwörerischer Miene bei, »du hast ein Federkleid, wozu brauchst du da noch ein Kleid?«

»Sie behaupten, das muss so sein.«

»Das muss so sein?«

»Sie behaupten, dass ich ein Kleid tragen muss …, wenn ich einen Verlobten finden will!«, brach es auf einmal aus ihr heraus. Sie blickte todernst drein und hielt den Blick gesenkt, während ihre Federn ganz rot wurden.

Der Wolf war verblüfft, aber auch höchst amüsiert. Er verstand den Zusammenhang zwischen dem Kleid und dem Verlobten nicht, aber das machte nichts, er behauptete einfach, sie zu verstehen. Weil sie ihm äußerst sympathisch war, diese Ente. Und auch ihr war der Wolf äußerst sympathisch. So beeilte sie sich zu sagen, dass sie – ginge es nach ihr – gut auf einen Verlobten verzichten könne und eigentlich gar nicht wisse, was sie damit solle. Andererseits habe ihr Madame Kra gesagt, dass sie sich unbedingt einen Verlobten suchen müsse.

»Madame Kra?«

»Das ist die Dame, die mich adoptiert hat, sie und ihr Mann.«

An dieser Stelle erging sie sich in einer ebenso detaillierten wie konfusen Schilderung der Ereignisse, von der der Wolf kaum etwas verstand. Doch darauf kam es nicht an, er war einfach nur glücklich, in ihrer Gesellschaft zu sein und ihr zuhören zu dürfen. Ihm gefiel die Ente ganz außerordentlich, ihm gefiel vor allem ihr Federkleid, das ihm sehr flauschig vorkam. Ihm gefielen auch ihre konfusen Schilderungen. Ihr dagegen gefiel es sehr, dem Wolf all das erzählen zu können, auch wenn dieser Wolf ihrer Meinung nach kein bisschen davon verstand. Sie hätte ihr ganzes Leben damit verbringen können, ihm alles über sich zu erzählen, und so fuhr sie fort:

»Weißt du, Wolf, das Ganze war so: Madame Kra wollte mich nicht adoptieren, weil sie keine Zeit hat. Sie muss mit ihrem Mann Tee trinken. Aber ich muss unbedingt eine Familie finden, denn als ich bei den Bibern war, hat man mir den Pantoffel gestohlen, der seinerseits meine Mutter war. Da mein Biberfreund George unbedingt nach Oxford wollte, konnte er mir nicht helfen, meine Pantoffelmama wiederzufinden, also habe ich den Bibern die Kleider zurückgegeben. Da wurde ich aber schon von den Fledermäusen entführt, die mich unter die schwarze Dusche schickten, und ich musste Wahlkampfessen veranstalten. Also bin ich weggelaufen und habe ein adoptiertes Mädchen kennengelernt, das mir gesagt hat: Warum lässt du dich nicht auch adoptieren? Um adoptiert zu werden, musst du dahin gehen, wo die Mehrfamilienhäuser stehen, also die Kinder des weißbärtigen Verwalters. In jedem Mehrfamilienhaus gibt es eine Unmenge von Klingeln, man nennt sie Familien, und da klingelt man, bis einem jemand aufmacht, also habe ich überall geklingelt, vielmehr habe ich an den Türen gekratzt, denn wie soll ich bis an die Klingeln kommen? Und dann hat mir schließlich Madame Kra geöffnet, die sofort ihren Mann gerufen hat, der völlig rosa ist, denn er ist gar kein Kranich, sondern ein Flamingo, und wie eine Kranichdame einen Flamingo heiraten kann, weiß ich auch nicht … Du vielleicht?«

Nein, das wusste er auch nicht. Dafür wusste er, dass sie ihn völlig verzaubert hatte. Aber plötzlich sagte sie, sie müsse fort, da sie verfolgt würde, und wenn man sie fände, schleppe man sie mit Gewalt in ein Kleidergeschäft und dann wäre sie geliefert und ob er ihr bitte ein Taxi rufen könne. Genau das sagte sie, als ihre Gedanken plötzlich von etwas anderem überschattet wurden:

»Sag mal, Wolf, meinst du …, man darf Roller im Taxi mitnehmen?«

Der Wolf schwieg nachdenklich. Er fragte, warum sie überhaupt mit einem Roller unterwegs sei.

»Das ist kein Roller«, entgegnete sie, »das ist meine Mutter.«

Der Wolf überdachte sein ganz und gar nicht abenteuerliches Leben, in das plötzlich eine Ente geplatzt war, die behauptete, einen Roller als Mutter zu haben.

»Genauer gesagt …, meine eigentliche Mutter war ein Pantoffel, aber dann hat ihr George Räder verliehen, und aus meiner Mutter wurde ein Wägelchen, nur dass sie irgendwann gestorben ist, und Waisenkinder …«

Der Wolf wurde immer nachdenklicher. Er überlegte, wie es ein Pantoffel wohl anstellte, zu sterben. Aber er überlegte zu lange, er hätte irgendetwas erwidern müssen, aber stattdessen sagte er nichts und das Taxi kam, wie es Taxis auf dieser Welt zu tun pflegen.

Er sah ihr beim Einsteigen zu. Tausend Gedanken gingen ihm durch den Kopf: Wer weiß, wie gut ihr ein ausgeschnittenes Blümchenkleid stehen würde, das würde ich ihr gern kaufen, doch stattdessen, stattdessen zieht sie jetzt los und sucht sich einen Verlobten, hoffentlich findet sie keinen, ertrinken soll er, dieser Dummkopf oder von einem Biber verschluckt werden, was soll überhaupt dieser Verlobte zwischen uns, der hat dort gar nichts zu suchen, und genau das sage ich ihr jetzt auch, oder lieber doch nicht, denn ich muss ja zum Schreiben in die Bibliothek, auch wenn ich keine Ideen habe, aber ich weiß ja, dass die Ideen kommen, das tun sie immer, aber die Menschen, die verschwinden manchmal, vor allem ganz besondere Menschen, die man unter Umständen gerade erst kennengelernt hat und die man unter gar keinen Umständen wieder verlieren will, die man sich am liebsten mit einem Stück Schnur an den Arm binden würde wie einen Luftballon, aber auch Luftballons verschwinden irgendwann, sie fliegen weg, und man selbst bleibt mit diesem dämlichen Stück Schnur am Arm zurück. Und was dann? Dann schaut man dem Luftballon hinterher, der immer höher steigt, bis man ihn nicht mehr erkennt. Wer weiß, wie viele Luftballons im Himmel herumfliegen, alles Luftballons, die wir verloren haben, wir Dummköpfe! Was haben wir nur getan, um sie zu verlieren, was hätten wir nicht alles tun können, um sie nie zu verlieren, und ich, was mache ich eigentlich in dieser Bibliothek, ich kann genauso gut wegbleiben, aber warum gehe ich dann dorthin, während sie in dieses vermaledeite Taxi steigt …

Vielleicht war er auch einfach nur ein zerstreuter Wolf. Oder hatte anderes im Kopf. Oder war mit einer Wölfin verlobt, unter Umständen schon seit zehn Jahren, mit einer Wölfin, die er gar nicht mehr liebte, was er ihr allerdings noch nicht gestanden hatte. Oder er kam nicht darauf, dass diese Ente die Liebe seines Lebens war, weil es selten eindeutig ist, wer oder was die Liebe eines Lebens ist. Oder aber er dachte genau das, aber ohne die nötige Überzeugung. Manchmal denken wir an etwas, ohne recht davon überzeugt zu sein, und wenn wir nicht so recht davon überzeugt sind, macht es plopp!, und die Gedanken sind dahin …

Oder aber das Leben ist einfach so, und es gibt den richtigen Zeitpunkt nicht, es hat einfach nicht sollen sein, und es ist eine Legende, dass wir bestimmen können, wie es zu sein hat, es ist einfach, wie es ist.

Tatsache ist, dass der Wolf an jenem Morgen nichts tat, um die Ente aufzuhalten. Er ließ sie einfach davonfahren.

Und die Ente fuhr davon.

Die Eroberung des Entenclubs

Kaum, dass sie aus dem Taxi stieg, stürzte sich ein ganzes Kommando Strauße auf sie und drückte sie zu Boden: Das war die Polizei der LangBeinSiedlung, die sie im Auftrag von Madame Kra bis hierher verfolgt hatte. Sie brachte sie nach Hause zurück. In jener Nacht wurde sie in ihr Zimmer eingeschlossen, und am nächsten Morgen eskortierten sie zwei bewaffnete Strauße zum Frühstück auf die Terrasse.

Ingo inhalierte gerade eine ganze Thermoskanne Kaffe durch sein linkes Schnabelnasenloch. Ein Tropfen fiel unglücklicherweise auf seinen fuchsienroten Schal, und er bekam einen Anfall.

Sie sahen ihm dabei zu, wie er auf dem Terrakottaboden der Terrasse in wilde Zuckungen verfiel, und das vor den Augen der beiden stocksteif dastehenden Strauße, die Vogel-Strauß-Politik betrieben und so taten, als ob nichts wäre.

Madame Kra entließ die stocksteifen Strauße und

rief Schmitz, den Chauffeur, der die arme, widerstrebende Ente auf den Rücksitz verfrachtete und sie beinahe mit dem Sicherheitsgurt erwürgte. Gemeinsam fuhren sie in die Via Exklusiwitz, die Straße mit den exklusiven Geschäften.

Sie betraten das »Armanitz – Trendy for you«.

Zum Glück, dachte die Ente, während sie sich umsah, gab es hier keine Kleider. Tatsächlich wimmelte es von barocken Spiegeln, Tischchen und Sesseln, schweren Teppichen, Bildern und nackten Schaufensterpuppen, von Kleidern jedoch fehlte jede Spur. Ein junger, von Kopf bis Fuß in Erbsengrün gewandeter Blonder kam ihnen entgegen und fragte, ob sie vielleicht ein Kleid sehen wollten. Er flötete es vielmehr, während er die Arme vor der Brust verschränkte und einen Fuß geziert vor den anderen setzte.

»Und wo sind die Kleider?«, fragte die Ente mit lauter Stimme.

Madame Kra wurde puterrot vor Wut und hielt ihr den Schnabel zu, wobei sie ihr ins Ohr flüsterte: Bist du völlig verrückt geworden? Weißt du denn nicht, wie vulgär es ist, die Kleider direkt auszustellen? Wir sind hier schließlich nicht im Supermarkt. Und an den jungen Mann gewandt sagte sie, ja, sie würden gern ein Kleid für die junge Dame sehen.

»Welche junge Dame?«, fragte der junge Verkäufer.

»Sie werden entschuldigen, Madame, aber ich sehe hier keine junge Dame.«

»Wenn Sie Ihren Blick etwas senken, sehen Sie sie.«

Er beugte sich zum Boden hinab, bis er sie endlich sah.

»Ich weiß nicht, ob wir ihre Größe führen …«, stotterte er, angewidert von dem kleinen gelben Ungeheuer, das da vor ihm stand.

Es versetzte ihr einen kleinen Stich an der Schnabelöffnung, aber sie ließ sich nichts anmerken. Um so ungerührt wie möglich zu wirken, fasste sie den jungen Blonden fest ins Auge und sah, dass das keine erbsengrünen Schuhe waren, die aus seinen Hosenbeinen hervorragten, sondern ein paar Stiefeletten aus Reptilleder.

»Was ist das?«, fragte sie neugierig und zeigte auf seine Stiefel.

»Echse«, flötete der junge Mann, wobei er das Wort in einem erbsengrünen Ö ausklingen ließ.

Die Ente dachte fest an die Echse, an das wunderbare Leben, das sie hatte lassen müssen, um zur Stiefelette dieses Pseudo-Armanitz zu werden. Augenblicklich verspürte sie den dringenden Wunsch, den Laden zu verlassen, und verließ ihn auch.

Draußen wurde sie sofort von den Straußen am Gefieder gepackt und mit Gewalt zu diesem Signor Echse zurückbefördert, der sie in eine Kabine scheuchte und in ein schwarzes, bis zum Bauchnabel ausgeschnittenes, bodenlanges Kleid zwängte.

»Nun, was meinen Sie, Madame, ist das nicht *magnifique*?«

»Magnifique, magnifique!«, sagte Madame Kra und schmolz vor Begeisterung dahin.

Sie hingegen kam sich vor wie eine Robbe. Eine vor Hitze in der Südsee ertrunkene Robbe. Sie kam aus der Kabine, stieg aus dem Kleid und fiel in Ohnmacht.

Acht Boutiquen und acht Ohnmachten später kehrte Madame Kra mitsamt ihrem Gefolge und eingeklemmtem Schwanz nach Hause zurück und sagte: Nie wieder.

Sie führte 32 Telefonate und sprach mit ihren 32 Nachbarinnen, die sie eine nach der anderen anflehte, ihren Adoptivgast einen Tag lang zum Einkaufen zu begleiten, um ihr zu helfen, etwas Nettes zum Anziehen zu finden:

»Irgendetwas, ein nettes Kleidchen, einen hübschen Fummel …«

»Du, mit deinem guten Geschmack …«

»Damit sie sich in gewissen Kreisen bewegen kann, du verstehst, meine Liebe …«

»Ich verstehe sehr gut, meine Liebe, es ist mir ein Vergnügen …«

Und immer so weiter.

Am ersten Tag wurde die Ente von Reya Splitz, einer fülligen Mitvierzigerin, begleitet, die sich stets bei Turku & Stan einkleidete, einem orientalischen Laden, der, wie sein Name schon sagte, von den Zwillingen Turku und Stan geführt wurde. Dort hüllte man sie in wallende Leinengewänder. Dann in Pyjamas aus geblümter, chinesischer Seide. Dann band man ihr Schärpen aus Seidenkrepp um die Taille, die von Kettchen aus funkelnden Lapislazuli zusammengehalten wurden, und steckte ihre Füße in bestickte Lederschühchen mit hochgebogener Spitze.

Sie fühlte sich wie ein Nachttischlämpchen. Außerdem wurde ihr speiübel, da sich das Ganze in einer nur dürftig beleuchteten Grotte abspielte, in der so viele Räucherstäbcen brannten, dass sie kaum Luft bekam.

»Es tut mir leid«, sagte Reya Splitz zu ihrer Freundin, Madame Kra, als sie ihr am selben Abend eine ebenso kleider- wie stillose Ente zurückbrachte, »ich fürchte, der New-Orient-Style steht deinem Töchterchen nicht.«

Am zweiten Tag nahm sie eine rappeldürre Kranichdame namens Rosenkratz unter ihre Fittiche. Sie war Managerkranich und trug ausschließlich beige oder schwarze Businesskostüme mit atemberaubenden Ausschnitten und Röcke, die jede Menge Bein und Netzstrumpf sehen ließen, sowie dermaßen spitze Pumps, das man damit einen Bison hätte erdolchen können.

»Wir brauchen ein flottes Kostüm, etwas, das ein aggressives Selbstbewusstsein ausstrahlt, verstanden?«

Dreißig ihr zu Füßen liegende Verkäuferinnen echoten im Chor: »Aber selbstverständlich, Signora.« Und zeigten ihr dreißig Kostüme, beige und schwarze, mit breiten, schmal zulaufenden Revers, aus Kratzmir-Wolle mit radioaktiven Metallknöpfen.

Sie kaufte alle dreißig wie im Flug, ohne sie auch nur eines davon anprobieren zu lassen. Woher sollte sie auch bei all den Besprechungen und Kollegen, die noch getroffen werden mussten, die Zeit dafür hernehmen. Abends lud sie alle dreißig Kostüme im Hause Flam ab, selbstverständlich nicht ohne sich ihre Auslagen zurückerstatten zu lassen. Und Madame Kra ließ die Ente nacheinander alle dreißig Kostüme anprobieren. Sie sah unmöglich darin aus, wie ein Wrack, dem jemand eingeredet hat, es sei ein Industriekapitän. Ein Desaster.

»Vielleicht würde dir etwas anderes besser stehen, etwas, das irgendwie …, irgendwie …«

»Schlichter ist?«, fragte Ingo Flam, während er in der Zeitschrift »Class« blätterte.

Am dritten Tag bekniete Madam Kra ihre beste Freundin, sie möge ihrer Tochter doch bitte ein Kleid kaufen.

Ihre beste Freundin war eine bildhübsche Störchin mit langen, leicht bläulichen Federn. Sie hatte ein äußerst liebenswürdiges Wesen, lächelte in einem fort und besaß das reinste Kinderstimmchen. Sie hieß Silvitz. Immer wenn Madam Kra ein Problem hatte, ob groß ob klein, oder auch wenn sie ein bisschen niedergeschlagen war, rief sie ihre beste Freundin Silvitz an und brauchte nur ihre Stimme zu hören, damit es ihr wieder ein gutes Stück besser ging. Manchmal erfand sie sogar Probleme, um das Kinderstimmchen ihrer Freundin zu hören.

Silvitz kleidete sich sehr schlicht, vielleicht auch ein bisschen kindisch. Sie liebte zum Beispiel flache Daisy-Duck-Schuhe, am liebsten mit einem bunten Schleifchen verziert. Madame Kra erinnerte sich noch gut daran, wie sich ihre Freundin zur Hochzeit eine Art Margeritenmäntelchen hatte anfertigen lassen, mit einem Kragen aus Blütenblättern und einem Rock aus Blättern. Zu diesem Anlass hatte sie sogar noch ein Paar Schuhe in Marienkäferform gefunden, die reinste Augenweide.

Also bat sie Silvitz, die Ente doch bitte zu ihrem Schneider mitzunehmen.

Der Schneider nahm ihre Maße und nähte ihr ein in der Taille angerüschtes Kleidchen aus einem Stoff mit roten Äpfelchen und grünen Blättchen. Den krönenden Abschluss bildete ein Hut in Form eines halben Apfels, den oben ein Stiel zierte und seitlich eine aus dem Fruchtfleisch kriechende Raupe. Die natürlich nicht echt war, sondern aus Stoff. Auf Schuhwerk verzichtete sie. Sie wusste nicht, was sie ihr über die Schwimmflossen ziehen sollte, und ließ sie nackt.

Als sie nach Hause kamen, war ihr der halbe Apfel bereits auf den Schnabel gerutscht, sodass sie nichts mehr sehen konnte. Und das viel zu stark angerüschte Kleid hatte sich bis zum Hals hochgerafft, wo es sie zu erwürgen drohte, während ihr Bauch splitterfasernackt war. Nur die Stoffraupe saß ausgezeichnet, sodass Ingo Flam, der ihr die Tür aufmachte, seine Frau, die im Salon saß und Tee trank, freundlich fragte:

»Entschuldige, meine Liebe, hatten wir eine Ente adoptiert oder eine Raupe?«

Die Raupe fand keinen Anklang. Nachdem sie alle 32 Freundinnen durchhatte und 32 erfolglose

Einkaufstouren bewältigt waren, wusste sich Madame Kra nicht mehr anders zu helfen, als dem guten Kla Fu zu befehlen:

»Kümmern Sie sich bitte darum, Kla Fu.«

Kla Fu war ein mittlerweile vierzigjähriger Kormoran. Als Kind hatte er seine Eltern bei einem Flugzeugunglück verloren, woraufhin er China den Rücken kehrte und nach Europa kam, nicht zuletzt, weil die Emigration der Chinesen nach Europa in letzter Zeit äußerst aussichtsreich war. Er hatte schon alles Mögliche gearbeitet, als Ingenieur, als Hochzeitsfotograf, als gut verdienender Klempner und als Rechtsanwalt von herausragendem Ruf.

Aber er träumte von einer eigenen Familie, und da er keine Kormoranin gefunden hatte, mit der er eine gründen konnte, hatte er beschlossen, Teil einer anderen Familie zu werden, und hatte Zugang zur Familie Flam gefunden. Diesen Zugang hatte er dank des Badezimmerfensters gefunden, das Herr Flam eines Herbstabends, als es draußen schon etwas frisch war, aus Versehen offen gelassen hatte.

Kla Fu hatte kein eigenes Leben und somit auch keine eigene Garderobe. Er besaß nur Livreen. Livreen mit Nadelstreifen, Einfarbige, aus Seide und aus Wolle, mit Schottenkaros und mit Hahnentrittmuster, geblümte und karierte.

Er nahm die Ente sehr gerne zum Einkaufen mit, kannte aber kein anderes Geschäft als »Livreen zum Träumen«, die einzige Livreen-Boutique der Stadt. Er kaufte ihr eine nachtblaue Dienstbotenuniform mit zahllosen Goldknöpfen sowie ein tressenverziertes Käppi.

Als Madame Kra sie in diesem Aufzug sah, begriff sie, dass sie wirklich ein hoffnungsloser Fall war, und beschloss, ein wenig weiter fernzusehen.

Und so kam es, dass die Ente beim Betreten der Welt der Enten nackt war. Zum Glück betrat sie diese anfangs gar nicht: Sie musste im Freien stehen bleiben, man könnte sogar sagen: Sie stand vollkommen im Freien da.

Die Welt der Enten war ein Tennisclub von gigantischen Ausmaßen.

Er war von einem kilometerlangen, 25 Meter hohen Maschendrahtzaun umgeben, und der Zutritt wurde einem von einer riesigen gepanzerten weißen Schranke verwehrt, die sich nur öffnete, wenn man Mitglied war und die passende Magnetkarte besaß.

Sie war weder Mitglied, noch besaß sie die passende Magnetkarte, und deshalb musste sie draußen bleiben.

Sie blieb den ganzen Nachmittag davor stehen und starrte hinein, den Schnabel durch den Maschendrahtzaun gesteckt. Einen Monat lang kehrte sie Tag für Tag zurück, ohne dass man ihr je Einlass gewährt hätte.

Sie stand da und bewunderte Hunderte von Erpeln und Enten beim Tennisspielen. Vor allem die Enten beeindruckten sie sehr, weil ihre eleganten Röckchen wie Blütenblätter im Wind flatterten, wenn sie aufflogen, um den Ball zu erwischen.

Andere fuhren Ruderboot auf dem Fluss, sonnten sich auf Chaiseslongues oder vertrieben sich die Zeit mit Herumrutschten im Wasser, während sie so etwas wie kleine Flöße an den Füßen trugen, die wie Ski aussahen. Durch die roten Sandplätze schlängelte sich doch tatsächlich ein idyllischer kleiner Fluss, der allerdings kein richtiger Fluss war, aus keinem Gebirge entsprang und in keinerlei Meer mündete: Es handelte sich um einen künstlichen kleinen Fluss, den eine Gruppe Flussarchitekten eigens für den exklusiven Entenclub angelegt hatte.

Sie blieb tagelang, um zu sehen, wie Schläger umherwirbelten, Bälle umherflogen, Röckchen aufflatterten, und um zu sehen, wie innerhalb der Umzäunung Gefieder zur Schau gestellt, aerodynamische Schuhe an Schwimmflossen angepasst und mit grazilen Schwänzen Pirouetten gedreht wurden.

Bis Madame Kra es nicht länger mit ansehen konnte. Sie nahm ein altes Nachthemd ihres Mannes, plissierte es, schnitt es zu, nähte es zusammen und befestigte es um die Taille der Ente. Sie taufte ihr Werk »Tennisröckchen Nr. 1« und sagte der Ente:

»Jetzt kannst du den Club endlich betreten.«

Und tatsächlich gewährte man ihr an jenem Tag Zutritt zum Tennisclub. Dabei hatte sie gar nichts Besonders getan, sie war lediglich vor der Schranke aufgetaucht, genau wie am Vortag. Doch wie durch ein Wunder hob sie sich.

Unglaublich, was das richtige Röckchen im Leben manchmal bewirken kann!

Sie setzte sich an eines der Tischchen. Um sie herum spielten alle Tennis, schwatzten und schlürften Getränke. Sie bestellte ein Getränk. Und kam sich mit einem Mal vollkommen lächerlich vor. Warum, wusste sie selbst nicht genau, schließlich war sie eine Ente, der es gelungen war, Zutritt zur Welt der Enten zu erhalten. Was konnte man da noch … Angemesseneres verlangen?

Sie fühlte sich angemessen, aber lächerlich.

Zugegebenermaßen trug die Tatsache, dass sie ein Röckchen trug, das aus dem Nachthemd eines Flamingos angefertigt worden war, nicht unbeträchtlich zu ihrem Gefühl bei, lächerlich zu sein. Darüber hinaus reichte ihr dieses Stück Stoff drolligerweise nur bis zum Oberschenkel, weshalb ihr Schwanz völlig unbedeckt blieb. Deshalb fragte sie sich: Wozu einen Rock tragen, wenn er nicht wenigstens den Schwanz bedeckt? Außerdem: Wenn alle Enten Tennis spielen – wie soll man da eine richtige Ente werden, wenn man nicht Tennis spielen kann?

Zum Glück traf sie am Ausgang eine elegante grüne Eidechse, die sich auf dem Felsen am Clubeingang ausgestreckt hatte. Sie sah, dass sich die Ente Sorgen machte, und riet ihr, sich *keine* zu machen. Sie sagte ihr auch, dass sie wirklich hübsch aussehe und sich die Erpel bei ihrem Anblick sicherlich die Lippen lecken würden.

Welche Lippen?, dachte sie, beschloss jedoch, dieser Eidechse gegenüber lieber zu schweigen, da sie nicht einmal wusste, wie sie hieß. Und als könne sie Gedanken lesen, stellte sie sich sofort höflich vor:

»Gestatten? Egon Eidechs, mein Name.«

Den ganzen Sommer über ging niemand aus dem exklusiven Entenclub auf sie zu, niemand richtete das Wort an sie und niemand spielte Tennis mit ihr. Sie betrat den Club, nahm an einem der Tischchen Platz, und zwar allein, sah sich um und schlürfte ihr Getränk.

Manchmal, wenn sie besonders niedergeschlagen

war, fragte sie sich: Was bemühe ich mich hier eigentlich ums Ente-Sein, wenn mich sowieso niemand wahrnimmt?

Am Ausgang traf sie jedes Mal Egon Eidechs, der sich auf dem großen Felsen am Clubeingang zu sonnen pflegte, wie man das als Eidechse eben so macht. Wenn er sie sah, sagte er ihr immer dasselbe, nämlich, sich keine Sorgen zu machen. Und sie gewöhnte sich an ihn, mehr noch, sie dachte: Zum Glück gibt es Egon. Und sie dachte auch: Wie schön es wäre, eine Eidechse zu sein und keine Ente. Wenn sie eine Eidechse wäre, könnte sie den lieben langen Tag auf dem Felsen am Eingang liegen, ohne den Club je betreten zu müssen. Doch da sie eine Ente war, hatte sie die unangenehme Pflicht, ihn zu betreten. Entsetzlich, irgendwo dazugehören zu müssen! Den Club betreten zu müssen, anstatt gemütlich auf der Schwelle stehen bleiben zu dürfen!

Sie wurden dicke Freunde, Egon und sie. Sie trafen sich nur, wenn es dunkel wurde: Sie verließ den Club, und er bot ihr an, sie nach Hause zu begleiten. So kam es, dass sie gemeinsam nach Hause gingen, und man kann durchaus dicke Freunde werden, nur weil man einen gemeinsamen Heimweg hat.

Sie brachte ihm auf dem Wägelchen ihrer Mama unter und zog ihn an der Schnur hinter sich her. Sie erzählte ihm von sich, davon, dass niemand das Wort an sie richtete, und er gestand ihr seine eigenen Ängste, zum Beispiel, dass er von klein auf furchtbare Angst davor hatte, seinen Schwanz zu verlieren. Die hatte ihn gepackt, seit er erfahren hatte, dass viele Eidechsen, ganz plötzlich, knack!, ohne Schwanz dastehen: Entweder, weil er ihnen von einem spielenden Kind ausgerissen oder in einem Fenster eingeklemmt wird oder aber den Krallen einer Katze zum Opfer fällt.

Und während sie so über ihre jeweiligen Albträume sprachen, ging der Sommer vorüber.

Jener Sommer ging vorüber. Danach kam ein anderer, denn es ist ja nicht damit getan, dass ein Sommer vorübergeht – auf den einen Sommer folgt ein anderer und wieder ein anderer und immer so fort. Das Leben ist eine Abfolge von Sommern.

Die Herrschaften Flam bebten vor Wut. Sie bebten, weil ihr Entengast immer älter wurde und sie nicht vorhatten, noch so ein überflüssiges, sinnloses Jahr verstreichen zu lassen: Entweder, sie fand endlich diesen vermaledeiten Verlobten, oder aber sie mussten sie entadoptieren. Mit anderen Worten: aus dem Haus jagen. Genau das verkündeten sie mürrisch eines Abends Anfang Juli, während sie zum Abendbrot an einem Gänselebertörtchen pickten.

»Ist es denn wirklich so schwer, jemanden zu

finden, und sei es nur, dass er dich in der Bar auf ein Eis einlädt?«

Sie fragte sich, was das Eis mit der ganzen Sache zu tun habe. Vielleicht bedeutete einen Verlobten finden ja, jemanden finden, der einen auf ein Eis einlädt. Komisch, auf die Idee war sie noch nie gekommen.

Sie war zutiefst enttäuscht, dass niemand sie zu diesem vermaledeiten Eis einlud. Eines Tages jedoch lernte sie einen jungen, merkwürdig gekleideten Mann kennen und brachte ihn zum Abendessen mit nach Hause zu den Flams, damit sie sich wieder ein bisschen beruhigten.

Der junge Mann trug Knickerbockerhosen, eine Weste aus weiß gelocktem Fell, eine Flöte am Gürtel und einen Hut mit großer Krempe. Als sie ihn sahen, erstarrten die Flams vor Schreck, weil sie schon dachten, das sei ihr Verlobter. Aber zu ihrer großen Erleichterung war dem nicht so.

»Das ist der Rasenmäher!«, erklärte ihnen die Ente triumphierend.

»Wie bitte? Du weißt doch, dass Rasenmäher in unserer Siedlung verboten sind!«

»Aber der hier ist nicht elektrisch und schneidet niemandem die Beine ab!«

»Und wie funktioniert er?«

»Ganz einfach, so.«

Der junge Mann griff nach der Flöte und spielte darauf eine leise Melodie: Auf einen Schlag kamen hunderte von Schafen herbei, weiß gelockt wie seine Weste, die in der Tat aus Schaffell war. Sie verteilten sich umgehend auf den Grünflächen der Siedlung und begannen ordentlich zu grasen. (Schafe, muss man wissen, sind äußerst ordentliche Tiere.)

Sie grasten drei Tage und drei Nächte lang. Die LangBeinSiedlung hatte sich in eine Ebene aus weißer Wolle verwandelt: Wohin das Auge blickte, nur Schafe, die ganze Welt schien sich in eine Welt aus Schafen verwandelt zu haben. Die langbeinigen Tiere trauten sich nicht mehr auf die Straße. Sie schlichen um die Mauern ihrer Mehrfamilienhäuser, und wenn sie partout eine Straße oder einen Platz überqueren mussten, dann nur im Zeitlupentempo. Vorsichtig hoben sie ein Bein nach dem anderen bei dem Versuch, in dem Meer aus wolligem Fell noch ein freies Fleckchen zu finden, wo sie ihren Fuß aufsetzen konnten.

Als die Schafe endlich verschwanden und dem Flötenklang ihres jungen Hirten folgten, waren die Grünflächen perfekt gemäht.

Auf diese Weise löste die Ente das uralte Unkrautproblem in der LangBeinSiedlung. Woraufhin sie zur Heldin avancierte.

Nur die Herrschaften Flam waren mitnichten zufrieden, geschweige denn stolz auf sie. Im Gegenteil, ihre Wut steigerte sich noch, und sie schrien sie an:

»So was tut man doch nicht! Anstatt uns einen Verlobten ins Haus zu bringen, bringst du uns einen Rasenmäher mit, der aussieht wie ein sardischer Schafhirte!«

Und dann taten sie, was sie bereits angedroht hatten: Sie jagten sie aus dem Haus.

Prinzessin

»Egon, ich brauche deine Hilfe: Hilf mir herauszubekommen, wie man einen Verlobten findet, denn hier habe ich nicht mal mehr ein Dach über dem Kopf, geschweige denn einen Platz zum Schlafen!«

Egon informierte sich. Er unternahm eine lange Reise in sein Heimatdorf, um die Ahnen zu befragen. Er stammte aus einer alten Familie von Mauereidechsen, die in einer Wüste südlich von Spanien lebte, an einem völlig von der Außenwelt abgeschnittenen Ort, wo es nur ausgedörrte Erdschollen gab, sonnenverbrannte Mauern und Felsen: das reinste Paradies. Egon begrüßte seine Mutter, seinen Vater und seine achtundvierzig Geschwister, woraufhin er schnurstracks seine Nonna Talanta besuchte, die einzige Ahnin, die ihm noch geblieben war.

Nonna Talanta war mittlerweile neunzig Jahre alt, aber als junge Frau war sie die flinkste Eidechse der ganzen Welt gewesen und hatte zahlreiche Wettkämpfe in der olympischen Disziplin gewonnen, die den Mauereidechsen vorbehalten ist, dem sogenannten Mauerlaufen. Mit fortschreitendem Alter war sie etwas rundlicher geworden und ruhte sich auf ihren Lorbeeren aus, das heißt in einem der unzähligen Pokale, die sie gewonnen hatte. Ihre Wirbelsäule war mittlerweile genauso rund wie der Pokal, so lange ruhte sie sich bereits darin aus. Aber sie war noch immer recht rüstig, zumindest ihren wachen Äuglein nach zu urteilen, die aus den tiefen Falten grüner, sonnengegerbter Haut funkelten.

Sie war überglücklich, ihren Enkel zu sehen, und beantwortete sofort seine Frage, denn alt, wie sie war, hatte sie einiges erlebt und wusste genau Bescheid: Es bringe überhaupt nichts, sich groß zu zieren, am Spielfeldrand stehen zu bleiben und darauf zu warten, bis das Leben zu einem kommt, denn von alleine kommt gar nichts. Der einzige Weg, einen Verlobten zu finden, besteht darin, sich auf den Markt zu begeben. Genau das sagte sie:

»Sag deiner Freundin, sie soll sich auf den Markt begeben.«

Egon begriff die Bedeutung ihrer Worte nicht so ganz, übermittelte sie aber wortgetreu seiner Freundin, der Ente.

Die sich am folgenden Tag sofort auf den Markt begab. Sie wählte den größten Marktplatz am Ort und stellte sich direkt in die Mitte. Es war ein schöner, warmer Nachmittag ohne eine einzige Wolke am Himmel. Sie stand da, ein wenig verschwitzt, verstaubt und verschnupft, das unvermeidliche Wägelchen im Schlepptau. Besonders bequem war es nicht gerade, sich mitten auf den Marktplatz zu stellen. Es gab ein großes Gehupe und Geflitze um sie herum, aber sie konnte warten. Wenn Egons Oma gesagt hatte, das müsse so sein, dann hatte das bestimmt seine Richtigkeit.

Und tatsächlich, es funktionierte. Es stimmt wirklich, dass man im Alter weise wird!

Nach nicht ganz zehn Minuten hatte sich ein Stau aus Hunderten von Autos, Motorrädern, Lastwagen, Fahrrädern und Lieferwagen um sie herum gebildet.

Ein leuchtend rotes Motorrad fuhr ihr laut knatternd beinahe über die linke Flosse. Es war so knapp, dass sie vor lauter Schreck auf ihr Hinterteil fiel.

Der Kerl, der das Motorrad fuhr, vermummt mit einem nachtblauen Motorradhelm und einer schwarzen Lederjacke mit lodernden Flammen auf dem Rücken, befürchtete, sie umgefahren zu haben, entschuldigte sich vielmals bei ihr und lud sie auf ein Eis ein, weil er nicht wusste, wie er sich sonst aus der Affäre ziehen sollte. Um ihr im wahrsten Sinne des Wortes wieder etwas Auftrieb zu geben, das heißt, sie vom Asphalt aufzulesen, an dem sie festzukleben schien.

Und er sagte doch tatsächlich Folgendes:

»Möchtest du ein Eis?«

Sie sah sich um, ob es in der Nähe zufällig eine Bar gab: Direkt gegenüber war eine, perfekt!

Eis plus Bar ist gleich Verlobter, also dachte sie:

»GESCHAFFT!«

Der unbekannte Motorradfahrer hieß Frank Fondak und war ein gut aussehender blonder Erpel mit betörenden blauen Augen, der sich liebend gern amüsierte.

Wie es der Zufall wollte, war er eines der angesehensten Mitglieder des Entenclubs, den er eben erst verlassen hatte, um eine Spritztour in die Stadt zu machen. Was er da wollte, wusste er nicht so genau, er war jung, und das Leben lag in seiner ganzen vielversprechenden, geheimnisvollen Schönheit vor ihm. Und just in diesem Moment hatte er plötzlich eine junge und sehr anmutige kleine Ente vor sich (ein bisschen zu nah vielleicht, wenn man bedenkt, dass er sie beinahe umgebracht hätte). Wie soll man da Nein sagen, wenn einem das Leben derart nachdrücklich einen solchen Leckerbissen vorsetzt?

Er nahm seinen Helm ab, schüttelte seine präch-

Madam Kra, völlig in den Spitzen und Borten ihres Nachthemds verheddert und mit Lockenwicklern auf dem Kopf, ging aufmachen.

»Hatten wir dich nicht davongejagt?«, sagte sie schlaftrunken, als sie die Ente vor sich sah, die kein Wort sagte: Aber um ihren Schnabel spielte ein blödes Grinsen, und statt zu laufen glitt sie über das Parkett wie über einen zugefrorenen See.

Madam Kra brachte es nicht über sich, ihr eine Standpauke zu halten, nicht zuletzt, weil sie todmüde war und schleunigst ihre Lockenwickler loswerden wollte. Sie sah, wie die Ente direkt ihr Bett ansteuerte, ohne zuvor das Bad aufzusuchen, aufs Klo zu gehen und sich die Zähne zu putzen.

Am nächsten Morgen bot sich genau dasselbe Bild: Die Flams waren noch im Morgenmantel und nippten auf der Terrasse an ihren Cappuccinos, als sie eine Art Luftgeist über den Boden schweben sahen, der neben ihren schäumenden Cappuccinotassen auftauchte. Der Entenluftgeist sprach kein Wort und frühstückte nicht: Er blieb, wie er war, mit diesem Dauerlächeln im Gesicht, das von absoluter Glückseligkeit zeugte, gepaart mit Stolz.

Das Ehepaar musterte sie verblüfft. Herr Flam ging sofort das Lexikon holen, vertiefte sich den lieben langen Tag darin und versuchte, die Ursachen für krankhafte Ekstase bei Entenvögeln zu recherchieren. Ganz anders Frau Flam, die wie jeden Tag gleich nach dem Frühstück zu ihren Freundinnen entschwand und abends, als sie ihren verschrobenen Ehemann immer noch in diverse Lexikoneinträge vertieft vorfand, sagte:

»Ingo, um Himmels willen … Sie hat einen Verlobten gefunden, ist das denn so schwer zu verstehen?«

Ingo, um Himmels willen, hatte nicht das Geringste verstanden. Doch er klappte das Lexikon umgehend zu und führte seine Gemahlin zur Feier des Tages zum Essen aus. Sie gingen ins »Metabolismo«, ein berühmtes Restaurant der LangBeinSiedlung.

Am Tag danach war Madame derart glücklich, dass sie den berühmten geblümten Morgenrock ihres Mannes aus der Schublade holte und beschloss, ihn einem höheren Zweck zu opfern: Sie schnitt ihn zu, plissierte ihn und schaffte es, für ihre wunderbare Entenadoptivtochter, der es endlich gelungen war, sich einen Verlobten zuzulegen, ein phantastisches Tennisröckchen zu nähen, das sie »Tennisröckchen Nr. 2« nannte.

Denn wenn die eigene Tochter einen Verlobten findet, und noch dazu einen tauglichen, ist das in etwa so, als ob die Welt auf einmal anfinge, sich richtig herum zu drehen, und zwar so, dass alle Ungerechtigkeiten, Kriege, Hass, Krankheiten, Naturkatastrophen, nuklearen Katastrophen, sprich: alles Böse dieser Welt, auf einen Schlag verschwinden. Nichts von dem, was wir einmal falsch fanden, ist es noch, und plötzlich wendet sich alles zum Guten: Die Autos fahren in gemäßigtem Tempo, die Kleider gibt es genau in unserer Größe, das Gemüse wird billiger, die neuen Strähnchen vom Friseur sehen phantastisch aus, der Chef gibt uns eine Gehaltserhöhung, und an Weihnachten fliegt tatsächlich ein Komet vorbei, der einen riesigen Schweif nach sich zieht. Mit anderen Worten: ein einziges sinnliches und übersinnliches Freudenfest.

Für die Flams begann ein besinnliches, glückliches Leben: das besinnliche und glückliche Leben von Eltern, deren Tochter endlich einen Verlobten gefunden hat. Madame Kra begann, täglich ihre 32 Nachbarinnen einzuladen, und jeden Tag sagte sie ihnen:

»Habt ihr schon gehört? Meine Tochter hat sich verlobt.«

Natürlich hatten sie schon davon gehört, trotzdem taten sie so, als sei dies nicht der Fall, und gaben sich allesamt erstaunt und neugierig auf jedes Detail.

Irgendwann hörte die kleine Ente auf einherzuschweben, und ihre Flossen landeten wieder auf dem Boden, um einherzuwatscheln wie immer. Denn irgendwann gewöhnt man sich an alles, selbst an das größte Glück.

Sie war sehr glücklich darüber, einen Verlobten gefunden zu haben, aber vor allem war sie glücklich, dass die Flams glücklich waren. Doch sie hörte auf, übermäßig glücklich zu sein, und begann, mäßig glücklich zu sein. Mit anderen Worten: Eine zufriedene Koexistenz mit dem eigenen Glück begann.

Das einzige Problem bestand darin, dass sie nicht so genau wusste, was sie mit einem Verlobten anfangen sollte. Aber in diesem Punkt wusste Frank glücklicherweise bestens Bescheid. Er überschüttete sie zunächst einmal mit Geschenken.

Eines Tages kam er auf dem Motorrad mit einer riesigen Überraschung angefahren. »Guck mal auf dem Soziussitz nach«, sagte er, wo sie einen unförmigen Sack entdeckte.

»Zieh den Sack herunter«, sagte er. Sie gehorchte und entdeckte einen riesigen Teddy, der genauso plüschgelb war wie sie selbst, nur mit abstehenden Ohren.

An einem anderen Tag gab es ein Candle-Light-Dinner in ihrer Lieblingspizzeria »Köter's«, denn der Besitzer war ein polnischer Hüteköter, dem seine langen Ponyfransen bis über die Augen reichten und der Pizzabäcker gelernt hatte. Da er die Zutaten wegen der langen Ponyfransen, die ihm in die Augen fielen, nicht erkennen konnte, belegte er die Pizza mit dem, was ihm gerade unter die Finger kam, was stets eine köstliche Pizza ergab, die »Pizza blinde Kuh« oder »Pizza polnischer Hüteköter«, die sich im Grunde nicht voneinander unterschieden.

Frank kleidete sich an jenem Abend äußerst elegant, er trug einen blaugrünen Zweireiher, der phantastisch zu seinem schillernden Erpel-Federkleid passte. Wie beiläufig liebkoste er ihren Hals und sagte:

»Was für ein nacktes Hälschen haben wir denn da, ein bisschen sehr nackt, findest du nicht auch?« Mit großer Geste zauberte er zwischen den Federn seines Flügels ein prächtiges Collier aus Diamanten und Smaragden hervor, das er ihr sofort umlegte und im Nacken gekonnt zuhakte. Anschließend gestand er ihr, dass er für diesen Trick extra einen Kurs für Zauberer besucht hatte.

So war Frank eben. Er hatte die Begabung, sie immer wieder aufs Neue zu überraschen, das Leben in ein tägliches Überraschungsei zu verwandeln, das man in der Hand hält, ohne zu wissen, was drin ist. Und genau das ist ja die Überraschung. Das ist nicht jedem vergönnt, es ist schließlich nicht normal, dass einem jeden Tag ein Überraschungsei vor die Füße fällt und man sagt: »Mal sehen, was heute drin ist.«

Eines Abends schenkte ihr Frank sogar einen

Namen. Es war schon spät, und der Mond schien. Er begleitete sie wie immer nach Hause, stieg vom Motorrad und sagte ihr, Flügel in Flügel, »du bist meine Prinzessin«.

Von diesem Abend an hieß sie nur noch Prinzessin. Für Freunde: Prinzi. Sie, die als Tochter eines Pantoffels niemals einen Namen besessen hatte … Aber wie hätte ein Pantoffel die eigene Tochter auch taufen sollen?

Und so kam es, dass ihr jetzt, wo sie einen Verlobten hatte, alles Mögliche in den Schoß fiel: Schmuck, Pelze, Pizza blinde Kuh, Namen, Halstücher, Pralinen und Eisbecher. Vor allem Eisbecher mit Vanille- und Nougateis.

Mit einem Mal hatte sie ein sehr ausgefülltes Leben. Zu ausgefüllt: Sie wusste gar nicht mehr wohin mit all den Sachen. Den Teddy verstaute sie unter dem Bett, aber als ihr Frank auch noch ein aufblasbares Schlauchboot schenkte, ein Kanu, Rollschuhe, ein Kofferset und einen entzückenden Mamawägelchenroller aus weichem Gummiflaum mit breitem Polystyrolrand, war unter ihrem Bett beim besten Willen kein Platz mehr, und sie wusste nicht mehr ein noch aus.

Ganz schön platzraubend, so ein Verlobter, dachte sie.

»Meine Güte, du musst ihm zur Abwechslung auch mal was schenken!«, sagte Madame Kra. »Das ist unter Verlobten so üblich.«

Sie brauchte sechs Nachmittage, um etwas zu finden, das sie Frank schenken konnte. Sie kannte sich mit Verlobungsgeschenken nicht aus, streifte durch die ganze Stadt und klapperte alle Läden ab, die reinste Zeitverschwendung. Sie war glücklich, einen Verlobten zu haben, aber dass man den auch beschenken musste, machte ihr zu schaffen. Sie wäre am liebsten auf dem Felsen bei Egon geblieben, um sich zu sonnen, stattdessen ließ ihr die Suche nach Geschenken bedauerlicherweise keine Zeit mehr dafür.

Sie entschied sich für einen Tennisschläger, und zwar für das neue ovale aerodynamische Modell. Und da sie nun schon einmal dabei war und in Zukunft nicht unnötig Zeit verlieren wollte, besorgte sie noch etwa zwanzig weitere Geschenke, die sie zu den unterschiedlichsten Anlässen verschenken konnte, zu Geburtstagen, Namenstagen, Oster- und Weihnachtsfeiertagen, Monatstagen und Jahrestagen. Sie kaufte ihm ein Badehandtuchset, einen MP3-Player, ein paar amarantfarbene Strümpfe, ein orientalisches Birken-Aftershave und ein Polohemd mit einem eleganten kleinen Krokodil auf der Brusttasche, das sie ein wenig an Egon erinnerte.

Sie gab Unmengen von Geld aus und dachte: Es ist ganz schön kostspielig, einen Verlobten zu haben.

Frank gab ihr Tennisunterricht, jeden Abend bei Sonnenuntergang, wenn alle nach Hause gegangen waren und die Sandplätze verlassen dalagen: So musste sie sich als einzige Ente, die nicht Tennis spielen konnte, vor den anderen nicht lächerlich machen. Anfangs erwischte sie keinen einzigen Ball und war schon bald erschöpft von dem ewigen Hin- und Herrennen auf ihrer Platzhälfte. Aber Frank ließ nicht locker. Dass seine Verlobte es nicht schaffte, Tennis spielen zu lernen, war vollkommen ausgeschlossen.

Er brachte ihr auch das Schwimmen, das Rudern und Schaukeln, das Tauchen bis zehn Meter Tiefe und das Wasserskilaufen über hundert Meter bei. Ein einzigartiges Schauspiel.

Und so lernte sie mit einem Mal nicht nur Dinge, die sie aus Unkenntnis nie gelernt hatte, sondern auch Dinge, auf die sie nicht einmal Lust hatte.

Abends, vor dem Einschlafen, drückte sie ihr Wägelchen an sich und sagte:

»Siehst du, wie viel Sport man machen muss, wenn man einen Verlobten hat? Vielleicht bedeutet, einen Verlobten haben, ständig Sport treiben …«

Aber sie war nicht sportlich. Das Rollerfahren mit

ihrem Mamawägelchen reichte ihr vollauf. Ansonsten hätte sie sich lieber gesonnt wie die Eidechsen, zusammen mit ihrem Freund, dem Eidechserich.

Sie war auch keine große Nachteule. Es gefiel ihr nicht, abends auszugehen, und schon gar nicht, erst mitten in der Nacht heimzukommen. Sie ging lieber früh schlafen und stand früh wieder auf, aber wie sollte sie das nur Frank beibringen? Frank wäre am liebsten immer bis in die Morgenstunden aufgeblieben. Und so verbrachte sie jede Nacht außer Haus und versuchte, so wach zu bleiben wie möglich.

Sie musste auch lernen, in regelmäßigen Abständen das eine oder andere Getränk zu sich zu nehmen, vor allem an den mondänen Abenden: einen Fingerbreit Whiskey nach dem Abendessen, Malt Whiskey natürlich, Tequila mit Salz auf dem Flügel, Aperol mit einem Schnitz Zitrone und zwei Erdnüssen und Martini Dry mit flüssiger Sahne, Olivenpesto und einem Namen …, den sie bereits wieder vergessen hatte.

Eines Tages übertrieb sie. Sie begann den Vormittag mit einem gemischten Doppel im Tennis, am Nachmittag folgten Kopfsprünge von den Felsen, dann eine Kanuwettfahrt mit Wasserfall, mittags ein Drink, ein Aperitif auf der Terrasse mit Flussblick, Abendessen, Whiskey aus purem Malz, Diskothek. Als sie den Club um vier Uhr morgens verließ, sah

Egon sie wie einen Zombie an seinem Felsen vorbeigehen.

»Stimmt etwas nicht?«

»Nein, nein, alles bestens.«

Dann fiel sie in Ohnmacht.

Man brachte sie schleunigst ins Krankenhaus, wo man sie drei Tage lang unter Beobachtung hielt und an den Tropf hängte.

Egon musste den Ärzten erklären, dass sie eine stählerne Gesundheit hatte, ihr das Leben als Verlobte jedoch gehörig zu schaffen machte. Sie war es einfach nicht gewohnt.

So lautete die Diagnose: extremer Verlobungsstress.

Sie entließen sie, nicht ohne ihr Medikamente auf Zabaione-Basis mitzugeben. Und sie dachte: Was für ein Stress, einen Verlobten zu haben.

Nach jenem Vorfall bat sie Frank, sie abends früh nach Hause zu bringen, gegen Mitternacht vielleicht, da sie müde sei und morgens früh rauswolle, da sie den Morgen mochte und nicht die Nacht.

Das Tennisspielen beherrschte sie mittlerweile richtig gut, vor allem den Volley unter dem Netz durch. Sie und Frank wurden das beste Paar des Clubs, und wer sie zu einem Doppel herausforderte, musste wirklich Mut mitbringen, da sie stets gewannen.

Nur schade, dass ihr das Tennisspielen gar keinen Spaß machte, aber was blieb ihr groß anderes übrig? Sie war eine Ente, frequentierte den Entenclub und hatte einen Verlobten, der ein hervorragender Tennisspieler war: Was sollte sie also tun, wenn nicht Tennis spielen?

Die anderen Enten entwickelten ein leises Unbehagen, eine uneingestandene Missbilligung, ein Gefühl, das – auch wenn sie es niemals zugegeben hätten – nicht weit von Missgunst entfernt war. Wie hatte diese unbekannte und unbedeutende Ente nur so gut werden können? Warum hatte sich Frank ausgerechnet in so eine unbedeutende Person ohne Namen und Nachnamen verliebt, von der man nicht wusste, woher sie kam. Und dann dieses Wägelchen, das sie ständig hinter sich herzog und diese albernen geblümten Röckchen!

In Wahrheit war natürlich jede von ihnen heimlich in Frank verliebt und wäre liebend gern selbst mit ihm verlobt gewesen.

Nicht nur, weil Frank der schönste Erpel weit und breit war, sondern auch, weil er aus einer reichen, berühmten Entenfamilie stammte: Er war der Sprössling zwölften Grades der Familie Fondak, einer deutschen Adelsfamilie, die ursprünglich den Namen von Duck trug. Irgendwann hatte einer der Nachkömmlinge – Franks Opa – eine geniale Idee: Er produzierte Schwimmreifen in Entenform. Mit der Zeit gelang es ihm, einen richtigen Industriezweig aufzubauen, und sein Produkt – wie man noch heute an den Stränden beobachten kann – hatte weltweit großen Erfolg. Daraufhin wandelte sich der deutsche Nachname der Familie von Duck zu Fondak, in Erinnerung an seinen Gründer.

Vor allem eine gewisse Isabell hatte ein Auge auf Frank geworfen. Sie wurde auch »La bella Isabella« genannt, weil sie die schönste Ente des ganzen Clubs war.

Isabell war eine Mandarinente von helloranger Farbe, die Wassershowgirl werden wollte. Sie saß stundenlang vor dem Clubfernseher und sah sich Varietéshows an. Kürzlich hatte sie sich sogar zu einem Fortgeschrittenenkurs für Wassershowgirls angemeldet.

Auf den Clubfesten wollte sie immer mit Frank tanzen, und sobald Prinzi kurz abgelenkt war, schnappte sie ihn sich. Gemeinsam drehten sie, von allen bewundert, Runde um Runde auf der Wassertanzfläche.

In solchen Momenten stellte sich Prinzi brav irgendwo ans Ufer und sah zu. Was hätte sie auch tun sollen? Sie hatte keine Mandarinenentenfedern und konnte nicht so gut Walzer tanzen. Sie sah ihnen zu und biss sich auf den Schnabel vor Wut. Woher diese Wut kam, wusste sie auch nicht, sie kam einfach.

Ein paar Enten aus einer festen Clique, die nichts von Erpeln wissen wollten, erklärten ihr, dass sie, die Ärmste, eine höchst archaische Vorstellung von einer Beziehung habe: Weil sie dachte, dass Frank nur ihr gehöre. Was für eine katastrophale Engstirnigkeit! Aus Mitleid versuchten sie, ihr Ratschläge zu geben: sich zu öffnen und stets offen zu sein, offenere Ansichten zu haben und auch eine offene Beziehung in Betracht zu ziehen, eine weit offene Beziehung … Sie schlug jedes Mal die Flügel vors Gesicht, wenn sie so sprachen.

Sie konnte nichts tun, als sich heimlich bei Egon auszuweinen, dem Einzigen, der sie wirklich verstand: Ihm würde es auch nicht gefallen, wenn sich seine Eidechse – vorausgesetzt er hätte eine – mit einem anderen in der Sonne aalte! Auch er hatte engstirnige Ansichten …

An manchen Abenden wurde es spät, wenn Frank unaufhörlich mit Isabell tanzte. Dann hockte sie sich mit ihrem alten Freund dem Eidechserich auf den Felsen. Egon wusste nie recht, was er ihr sagen sollte, er war doch nur ein junger grüner Eidechserich, der ständig Angst hatte, seinen Schwanz zu verlieren. Was wusste er schon von der Liebe? Er sagte ihr geradeheraus seine Eidechserich-Meinung. Um sie zu trösten, sagte er auch, dass man seinem Verlobten vertrauen und sich der rätselhaften Macht der Liebe überlassen müsse.

Und so überließ sie sich der rätselhaften Macht der Liebe.

Sie überließ sich ihr so sehr, dass sie nicht mehr darüber nachdachte, ob sich Frank auch mit anderen Enten traf, insbesondere mit denen namens Isabell. Außerdem waren sie sowieso die ganze Zeit zusammen, wann hätte er da andere Enten treffen sollen? Sie verbrachten die Tage im Club zwischen Tennis- und Schwimmpartien und die Abende in der Pizzeria »Köter's«. Er holte sie ab und brachte sie jeden Abend um Mitternacht nach Hause. Sie trank jeden Abend mit ihm Whiskey und Martini, und abgesehen von der Müdigkeit und dem leichten Unwillen darüber, stets Dinge machen zu müssen, die sie alleine nie gemacht hätte, fühlte sie sich wie eine Prinzessin.

Die Flams verbrachten in ihrer Eigenschaft als Eltern einer verlobten Tochter einen wunderbaren Winter: Jeden Abend konnten sie beobachten, wie sie eine Stunde im Bad blieb, um sich anzuziehen und zu schminken, um mit flatternden Gewändern und hochhackigen Schuhen festlich geschmückt das knatternde, flammend rote Motorrad des Adelssprösslings Frank zu besteigen, der jeden Abend vor der Tür stand.

Jeden Sonntag luden sie den Adelssprössling Frank zum Mittagessen ein und ließen Kla Fu seine berühmte Clafoutis zubereiten. Nach dem Essen rauchte Herr Flam dann eine gute Zigarre mit seinem zukünftigen Schwiegersohn. Die beiden saßen in Sesseln vor dem Kamin und unterhielten sich über Aktienkurse, während Madame Kra den gesamten Winter über ein Tennisröckchen nach dem anderen für die Aussteuer anfertigte und diese »Tennisröckchen Nr. 4, 5, 6 usw. nannte.

Bis erneut der Sommer einzog, denn wie bereits erwähnt, folgt im Leben ein Sommer auf den anderen. Und wie in jedem Sommer rückte das wichtigste Ereignis der Saison immer näher: das sagenumwobene Turnier »Ein Schläger für den Sommer« mit anschließendem Ball.

Alle Enten des Clubs nahmen daran teil – weniger, um das Turnier zu gewinnen, als vielmehr um das schönste Kleid des Abends zu tragen. Obwohl natürlich vor allem die Gewinnerin versuchen musste, das schönste Kleid des Abends zu tragen.

Wie es das Schicksal so wollte, gewann Prinzi das Turnier.

»Das war ja klar«, sagten die Enten des Clubs, »bei all den Tennisstunden, die ihr Frank gibt …«

»Da ist es ja keine Kunst, da wären wir auch so gut!«

Die neidischen Enten, angeführt von der »bella Isabella«, holten schon seit geraumer Zeit heimlich Informationen über Prinzi ein. Ihr neues Mitglied, das eines Tages wie aus dem Nichts im Club aufgetaucht war, kam ihnen verdächtig vor. Wer war sie? Woher stammte sie? Und was führte sie im Schilde?

Sie hatten ein regelrechtes Detektivbüro gegründet und es wenige Tage vor dem großen Abend geschafft, ein pikantes Detail über die geheimnisvolle Prinzi in Erfahrung zu bringen, das sie, schlau und hinterhältig wie sie waren, anonym in Umlauf brachten. Und so kam es, dass die gesamten Vorbereitungen zum Fest von einem düsteren Geheimnis überschattet wurden.

Prinzi war währenddessen vollauf mit der Suche nach einem neuen Kleid beschäftigt. Silvitz, die beste Freundin von Madame Kra, hatte sich diesmal durchsetzen können und bei ihrem Schneider ein alpenveilchenrotes Kleid bestellt, da ihr zufolge (warum auch immer) Alpenveilchenrot die Farbe der Sieger ist. Und da Prinzi das Turnier gewonnen hatte, musste sie sich unbedingt in Alpenveilchenrot kleiden. Als Hütchen schlug sie ein grasgrünes Baskenmützchen mit darin eingewebten echten Alpenveilchen vor. Niemand wagte, ihr zu widersprechen. Madame Kra verehrte ihre Freundin Silvitz so sehr, dass sie die Ente genauso gut mit einem ganzen Wald aus Steinpilzen hätte überhäufen können und immer noch ihren Beifall gefunden hätte. Wohin Freundschaften so führen können!

Am Abend des Festes, das *au bord du fleuve* zwischen Kerzen, chinesischen Lampions, Girlanden und Feuerwerk veranstaltet wurde, wartete alles auf den großen Ball. Jetzt fehlte nur noch die Gewinnerin des Turniers, die als Letzte oben auf der Treppe zu erscheinen hatte, um den Tanz zu eröffnen.

Da erhob sich, erst leise und dann immer lauter, ein Gemurmel eindeutiger Bemerkungen und Anspielungen, die immer eindeutiger wurden, ein bösartiges, gehässiges, hinterhältiges Getuschel, Geraune und Gegifte: Das waren die Enten vom Detektivbüro, die, angeführt von der »bella Isabella«, heimlich, still und leise jene skandalösen Neuigkeiten verbreiteten, die sie nach monatelangen Recherchen über Prinzi eingeholt hatten.

»Weißt du schon Bescheid?«

»O ja, ich weiß Bescheid!«

»Alle wissen Bescheid.«

»Erzähl doch mal …«

»Du weißt es noch nicht?«

»Wieso, was denn?«

»Dass sie die Tochter …«

»Tochter?«

»Eines Pantoffels ist!«

Die Wahrheit brachte den gesamten Saal zum Brodeln:

WISST IHR EIGENTLICH SCHON, DASS PRINZI DIE TOCHTER EINES PANTOFFELS IST?

»Eines Pantoffels?«

»Eines Pantoffels!«

»Woher willst du das wissen?«

»Na ja, das hat sich eben so …«

»… herumgesprochen.«

»In gewissen Kreisen …«

»… spricht sich so etwas eben herum.«

Und als sie dann mit ihrem prächtigen alpenveilchenroten Kleid und der Alpenveilchenwiese auf dem Kopf oben auf der Freitreppe erschien, brach der gesamte Saal in ein schallendes Gelächter aus, die Wände wackelten, die chinesischen Lampions erzitterten und die Wellen des Flusses gerieten in Wallung.

Es gab Leute, die vor Lachen zusammenbrachen, Leute, die Tränen lachten, Leute, die sich auf dem Boden wälzten und sich den Bauch hielten. Isabell und ihre Detektivinnen lachten sich in einer Ecke des Saales heimlich ins Flügelchen: Auftrag erledigt! Und sie prosteten sich zu, voller Stolz auf ihr Werk. Vor allem »La bella Isabella« war hochzufrieden und jubelte insgeheim. Sie suchte den Blick des schönen Frank und zwinkerte ihm verführerisch zu.

Prinzi erstarrte zur Salzsäule. Sie wurde da oben auf der Freitreppe zur Feuersäule und schritt sie erst gar nicht herunter. Sie senkte den Schnabel, sah an ihrem Kleid herab und fand es schrecklich. Sie fühlte sich abgrundtief hässlich, von Kopf bis Fuß. Sie lief rot an. Alpenveilchenrot, bis in die Federspitzen.

Frank dagegen verzog keine Miene. Er erklomm die Stufen, bot seiner Prinzi den Arm und tanzte den ganzen Abend mit ihr, wobei er sie in regelmäßigen Abständen mit zärtlichen Worten zu trösten versuchte: Nimm es dir nicht so zu Herzen, du bist meine Prinzessin, was kümmern dich die anderen …

Um Mitternacht bot er ihr wie gewohnt an, sie nach Hause zu bringen. Als er vom Motorrad stieg, pflückte er ein Sträußchen Vergissmeinnicht und schenkte es ihr, während er ihr einen zärtlichen Kuss auf die Wange drückte.

Die Prinzessin dachte, sie könne sich wirklich glücklich schätzen, so einen Verlobten zu haben. Zu Hause hängte sie ihr schönes alpenveilchenrotes Kleid in den Schrank, blieb kurz am Fenster stehen, um die Sterne zu betrachten, dachte an ihre Mutter, wo immer sie gerade sein mochte, und daran, ob sie sie wohl jemals wiedersehen würde. Dann legte sie sich schlafen und hatte einigermaßen angenehme Träume.

Die Prinzessin wusste nicht, dass Frank, nachdem er sie nach Hause begleitet hatte, zum Fest zurückkehrte und bis zum Morgengrauen mit der »Bella Isabella« tanzte.

Die Prinzessin wusste nicht, dass Frank Isabella heimlich traf, sooft er konnte, also Nacht für Nacht nach Mitternacht. Er brachte sie nach Hause, eilte in den Club zurück, traf Isabella und tanzte die ganze Nacht mit ihr auf dem Wasser, bis sie eng umschlungen auf einem der exklusiven Liegestühle der *Bagni Canneto* von der Sonne überrascht wurden.

Was soll man dazu sagen? Frank war ein gut aussehender junger Mann, vermögend und sympathisch:

Er wollte leben und lieben. Er liebte zwei Enten, und was war so schlimm daran? Er konnte sich eben einfach nicht entscheiden. Außerdem wollte Prinzi immer so früh schlafen gehen, war müde und wollte am nächsten Morgen früh aufstehen, weil ihr der Morgen besser gefiel als die Nacht … Aber die Nacht ist lang, und das Leben ist kurz.

Die Freunde verloren Prinzi gegenüber kein Wort. Alle wussten von Frank und Isabell, aber wie sollte man ihr das beibringen? Außerdem waren sie eher Franks Freunde als ihre. Sie hatte keine Freunde …

Sie kam von alleine drauf, rein zufällig. Sie war beim Friseur, um sich die Federn schneiden zu lassen, und hörte, wie über einen Erpel geklatscht wurde, der seit Monaten mit zwei Enten gleichzeitig verlobt war.

»Aber wie ist denn das möglich?«

»Das würde ich auch gern wissen …«

»Das ist ganz einfach. Anscheinend stellt es der Erpel äußerst geschickt an. Stellt euch vor, die Verlobte Nr. 1 glaubt immer noch, die Einzige zu sein …«

»Aber wie um alles in der Welt kriegt er das hin?«

»Ganz einfach: das klassische Doppelleben.«

»Der Ärmste behauptet, sich einfach nicht entscheiden zu können …«

»Wie raffiniert!«

»Manchmal ist das wohl wirklich nicht so einfach … Dem Ärmsten gefallen alle beide! Eine ist bildschön, sie macht angeblich eine Showgirlausbildung. Die andere macht nicht viel her, soll aber unglaublich liebenswert sein!«

»Und wie heißt dieses Prachtexemplar von Erpel?«

»Du weißt schon, der junge Sprössling der Fondak-Familie … Frank.«

»Frank?«

»Frank!«

Woraufhin alle in wildes Gelächter ausbrachen.

»Was für ein großariger Name! Frank und frei, im wahrsten Sinne des Wortes!«

Als sie das letzte Mal gesehen wurde, lag sie auf dem Felsen am Clubeingang, lang augestreckt wie ihr Freund Egon, als wolle sie sonnenbaden. Dabei schien nicht einmal der Mond.

»Und du hast mir erzählt, ich soll ihm vertrauen …«

Egon schwieg.

»Dabei hast du überhaupt keine Ahnung, du bist nichts weiter als ein blöder Eidechserich voller Komplexe!«

Es ist doch jedes Mal das Gleiche: Wir legen wir uns mit denjenen an, die es nur gut mit uns meinen.

Egon war aufrichtig verzweifelt wegen seiner Freundin, so sehr, dass er sogar die Angst, den Schwanz zu verlieren, vergaß. Nichts hätte ihn weniger interessieren können, er hätte ihn ihr gern geschenkt und gesagt: »Ich weiß nicht, wie ich dir helfen kann, aber wenn es dir hilft ..., dann nimm ruhig ein Stück von meinem Schwanz ... Man weiß ja nie.« Wozu soll so ein Stück Eidechsenschwanz sonst gut sein?

Es gibt Momente im Leben, in denen man wirklich nicht weiß, was man machen soll. Man klammert sich an das bisschen, was einem bleibt. Und wenn man einen Schwanz hat, dann klammert man sich eben an dieses Stück Schwanz.

»Weißt du, was das Schlimmste ist, Egon?«

»Nein, was denn?«

»Dass ich das Gefühl habe, nicht mal mehr zählen zu können. Jetzt zum Beispiel, wie viele sind wir, du und ich? Zwei? Siehst du noch irgendjemand anders? Da ist niemand. Doch vielleicht sind wir zu dritt, zu viert oder zu acht, wer weiß das schon. Wer weiß das schon, Egon?«

Sie schrie. Seine Freundin schrie, und er befürchtete, sie könne verrückt geworden sein. Wenn einer nicht mehr bis zwei zählen kann, ist das kein gutes Zeichen. Er wusste nicht, was er tun sollte.

Es blieb ihm nichts anderes übrig, als abzuwarten.

Egon hatte vor Kurzem erfahren, dass ein Schwanz nachwächst, wenn er einem abbricht. Man muss nur Geduld haben. Er hatte es erst vor Kurzem erfahren, und diese Neuigkeit hatte sein Leben verändert: Auf einmal war er erwachsen geworden. Vielleicht ist das Erwachsenwerden nichts anderes als das: zu wissen, dass einem der Schwanz wieder nachwächst.

Er hätte seiner Freundin gern gesagt, dass ihr alles so furchtbar vorkam, weil sie sich fühlte, als ob ihr der Schwanz abgebrochen wäre, aber dass sie nur ein wenig Geduld bräuchte, und dann …

Das Dumme ist nur, dass dafür viel Zeit vergehen muss – und bis die vergeht …, das dauert seine Zeit. Und Egon konnte ihr nicht sagen, wo man die Zeit verbringt, bis der Schwanz wieder nachwächst.

Genau das war das sogenannte »Eidechsenproblem«: Wenn einem der Schwanz abbricht – wohin geht man dann, bis er wieder nachgewachsen ist? Versteckt man sich, oder gibt man vor, man habe noch einen Schwanz, und tut so, als ob nichts wäre, als wäre es einem vollkommen egal, ob man einen Schwanz hat oder nicht?

Wie verhält man sich da? Wie verhält man sich nur?

Stimmen aus der Unterwelt

Es war immer noch Sommer, aber man konnte bereits die frische Herbstluft spüren. Die ersten Gewitter, die ersten fallenden Blätter.

Die Ente verschwand an einem windigen Tag. Sie tat, als sei sie ein Blatt, und ließ sich fortwehen.

Sie lief Tag um Tag. Getragen vom Wind, ließ sie die LangBeinSiedlung, die Mehrfamilienhäuser, die Schafe, die City, die Straßen, die Arkaden, die Häuser, die Bars, die Wolkenkratzer, die Clubs, die Tennisplätze, die *Bagni Canneto*, den See hinter sich und lief monatelang immer nur in dieselbe Richtung.

Sie kam in eine vollkommen verlassene Gegend. Hier gab es nichts mehr, alles um sie herum war hellbraun: nackte, trockene, windgepeitschte Erde.

Hier wollte sie bleiben und suchte sich ein Nest im Stamm eines vertrockneten Baumes. Aus dem Loch, das ihr als Eingang diente, blickte sie nach draußen in den Wind.

Dann und wann kam ein freundliches Tier vorbei, zum Beispiel ein Stinktier oder ein Leguan und fragte:

»Hallo, wie heißt du?«

»Ich heiße gar nicht«, entgegnete sie, denn Prinzessin konnte sie sich ja wohl kaum noch nennen. Wessen Prinzessin denn?

Irgendwann kam niemand mehr vorbei, denn es ist einfach ermüdend, bei jemandem vorbeizuschauen, der keine Lust zum Reden hat und nur mit Grunzen oder Brummen antwortet.

Dann und wann verließ sie das Nest und sah sich um. Sie sah nichts als Erde, graslose Ebenen, Hügel und einen fernen hellblauen Horizont.

So verbrachte sie viel Zeit, womöglich waren es Jahre. Wie Egon so schön sagte: Man braucht viel Geduld, bis der Schwanz nachgewachsen ist.

Mittlerweile meinte sie, in ihrer Umgebung eine merkwürdige Stimme zu hören, ein leises Flöten. Sie hörte sie jedes Mal, wenn sie mutterseelenallein in der Wüste herumlief. Anfangs befürchtete sie, verrückt zu werden, dann wieder glaubte sie, die Stimme des Windes zu hören. Mit der Zeit lernte sie, besser hinzuhören, und begriff, dass da tatsächlich jemand war, der ununterbrochen tuschelte. Es waren mehrere leise singende Stimmen, eine Art Chor. Sie schienen ihr etwas sagen zu wollen, aber sie verstand nicht, was. Sie verstand zwar manchmal ein einzelnes Wort, aber auch da war sie sich nie sicher. Außerdem konnte sie niemanden sehen.

Schließlich bemerkte sie Erdhaufen um sich herum. Es waren kleine Hügel, die lange Reihen bildeten, gerade, gewundene, diagonale, und sich nach allen Seiten hin verzweigten, bis zum Horizont. Sie lernte, diese Reihen weiterzuverfolgen, um zu sehen, wohin sie führten. Sie führten nirgendwohin und verloren sich einfach. Sie verstand es nicht, aber sie fühlte sich in Gesellschaft. Wahrscheinlich kamen die Stimmen aus diesen Erdhaufen. Da unten musste irgendjemand wohnen. Aber wer?

Sie gewöhnte sich an die Stimmen. Sie setzte sich auf die Erde und lauschte jenem vielstimmigen süßen Singsang, der wie aus einer anderen Zeit zu kommen schien.

Bis sie eines Tages ihren Salat … woanders fand. Wer hatte ihn verlegt?

Der Salat war alles, was sie hatte. Da sie die Wüste um sie herum leid war, hatte sie das eine oder andere Grünzeug angebaut, um sich dann und wann einen Salat zu machen oder ein Gemüseomelett. So hatte sie dicke Endivienköpfe gepflanzt, in ordentlichen Reihen, die sie jeden Abend bewunderte. Doch als sie an jenem Morgen ihren Gemüsegarten gießen wollte, war er verschwunden! Ihr Salat war plötzlich auf der anderen Seite des Hügels gelandet, mit den Wurzeln nach oben. Ihr Gemüseomelett hatte sich davongemacht!

Das verstörte sie beträchtlich. Sie entschied, dass sie die rätselhaften Tunnel nicht länger ignorieren konnte, und wollte ihnen auf den Grund gehen. Vollständig auf den Grund: Sie begann, bei den Erdhaufen zu graben. Sie grub den ganzen Tag querfeldein, ohne System. Sie hoffte, einen der unterirdischen Bewohner zu erwischen, aber sie förderte jedes Mal nur Erde zutage, Erde und nochmals Erde.

Trotzdem wohnte da unten jemand, da war sie sich sicher. Denn jeden Tag entdeckte sie neue Tunnel, die es am Vorabend noch nicht gegeben hatte. Wessen Tunnel? Sie beschloss, sich strategisch aufzustellen, an der Kreuzung mehrerer Tunnel, und dort Posten zu beziehen. Irgendwann mussten sie doch zum Luftholen an die Oberfläche kommen!

Sie bemerkte, dass die Tunnel von Stunde zu Stunde länger wurden und konzentrische Kreise um sie bildeten. Trotzdem konnte sie nie sehen, wer die Erde wie bewegte. Sie gab sich jede Mühe, fasste jeden Quadratmeter fest ins Auge und rechnete damit, dass irgendwann einmal jemand hervorkrabbeln würde. Doch sie täuschte sich. Niemand krabbelte hervor.

Also beschloss sie, jene unsichtbaren Wesen von sich aus anzusprechen. Bis zu diesem Moment war ihr diese Möglichkeit nicht in den Sinn gekommen, denn normalerweise sprechen wir niemanden an, den wir nicht sehen.

»He, ihr da, wo seid ihr denn nur?«, fragte sie.

Völlige Stille. Nur der Wind, der unerschrocken über die Erde hinwegfegte. Sicher, dachte sie. Wenn ich niemanden sehe, dann ist da auch niemand, und wenn da niemand ist, wer soll mir dann antworten?

Doch das Leben ist nicht so … eindimensional: Nach einer Weile kam eine Antwort. Es war der übliche, vielstimmige Singsang, der diesmal klar voneinander unterscheidbare Wörter enthielt:

»Unter der Erde …, Erde …«

»Na so was! Was macht ihr denn da unten?«

»Wir leben …, eben …«

»Und warum lebt ihr nicht auf der Erde, so wie alle anderen auch?«

»Nie im Leben …, eben …«

»Warum nicht?«

Stille. Nur das schrille Pfeifen des Windes zwischen den Felsen.

»Wir sind Maulwürfe …«

»Maulwürfe, Maulwürfe, Maulwürfe …«

Sie antworteten im Chor, singend.

Was waren wohl Maulwürfe?

Sie wußte nichts von Maulwürfen, für sie war das nichts als ein Wort. Und wie alle Wörter, die man nicht kennt, sagte es ihr kein bisschen.

Also bat sie sie, freundlicherweise hervorzukommen und sich zu zeigen:

»Auch wenn ihr Maulwürfe seid: Zeigt euch.«

»Wir können uns nicht zeigen ..., eigen ...«

»Wir können nicht, wir können nicht, wir können nicht ...«

»Warum?«

»Wir sind Maulwürfe ... Maulwürfe ... Maulwürfe ...«

»Das hab ich verstanden, aber ich habe euch bereits gesagt, dass mich das nicht kümmert. Auch wenn ihr Maulwürfe seid, kommt doch einen Moment hervor, damit ich euch sehen kann!«

»Wir können auch nicht einen Moment hervorkommen ..., ommen ...«

»Warum?«

»Weil wir unter der Erde leben ..., eben ...«

»Und ihr lebt unter der Erde, weil ihr Maulwürfe seid. Das habe ich schon verstanden, aber so kommen wir nicht weiter!«

»Sehr richtig, bis hierher und nicht weiter ..., weiter ...«

Stille. Nur der Wind fegte über die Hügel, die graslose Ebene und die Maulwurftunnel.

Wie bereits erwähnt, kamen die Maulwürfe niemals aus der Erde hervor, sie blieben in ihrer wunderbaren Unterwelt und gruben Tunnel, und zwar ohne Unterlass. Sie verbrachte Stunden damit, die aufgeworfene Erde zu beobachten, ohne einen einzigen Maulwurf zu entdecken. Wie war das möglich? Irgendwann muss doch jeder mal seine Nase herausstecken, dachte sie.

Durch ihre langen Beobachtungen gewann sie die unsichtbar bleibenden Geschöpfe richtig lieb: Sie leisteten ihr Gesellschaft, unterhielten sich mit ihr und man freundete sich an. Es stimmt schon, man würde seine Freunde gerne sehen können. Doch man kann nicht alles haben im Leben: Da ist es schon viel wert, überhaupt Freunde zu haben, und wenn man sie nicht sehen kann – halb so schlilmm! Man kann sie sich schließlich vorstellen.

Als sie einmal sehr niedergeschlagen war, fragte sie, ob sie nicht wenigstens einen Moment die Köpfchen hervorstrecken könnten, damit man sich besser kennenlerne. Die Maulwürfe ließen sich viel Zeit mit ihrer Antwort, so als hüteten sie ein trauriges Geheimnis, das sie nicht lüften wollten.

Schließlich sagten sie:

»Unsere Augen sind blind …, lind …«

»Selbst wenn wir hervorkämen, um dich zu sehen, könnten wir dich doch nicht sehen …«

»Wir sehen rein gar nichts …, nichts …«

Daran hatte sie noch gar nicht gedacht. Und doch war es sonnenklar: Was sollen Maulwürfe mit Augen? Sie leben unter der Erde, und etwas anderes brauchen sie nicht zu sehen. Das war sonnenklar, stimmte sie aber trotzdem tieftraurig. Sie musste daran denken, was sie alles verpassten: den Himmel, die Wolken, die Farbe des Windes …

Da die Maulwürfe sie nicht sehen konnten, fragten sie niemals, wer oder was sie sei. Das interessierte sie nicht im Geringsten, da sie ohne Augen niemals überprüfen konnten, ob ihre Angaben wahr waren. Sie hätte ebenso gut sagen könnten: Ich bin ein Panther, ein Käfer, ein Indischer Elefant, eine Stechmücke … Das waren lediglich Wörter, die für Leute ohne Augen keinerlei Bedeutung hatten. Deshalb stellten sie ihr niemals Fragen.

Und weil sie mit Leuten zusammenlebte, die ihr niemals Fragen stellten, und schon gar nicht darüber, wer oder was sie sei, hörte sie auf, eine Ente zu sein.

Sie vergaß es einfach.

Außerdem war es so großartig nun auch wieder nicht, eine Ente zu sein. Ausgerechnet in dem Moment, als sie erkannt hatte, wer sie war und unter ihresgleichen gegangen war, hatte man sie betrogen.

Betrogen … Dieses Wort verwendete sie häufig. Und litt umso mehr.

»Hab ich euch schon erzählt, dass ich betrogen worden bin?«, fragte sie die Maulwürfe. Und jedes Mal erzählte sie von Frank, von ihrer Verlobung und davon, wie er sie mit der schönen Isabell betrogen hatte, ohne dass sie Verdacht geschöpft hatte.

Betrogen zu werden bedeutet nämlich genau das: dass man nicht das Geringste davon bemerkt, gar nicht weiß, dass man betrogen wird, obwohl man sehr wohl betrogen wird. Das erklärte sie ihren Freunden, den Maulwürfen, da sie davon überzeugt war, dass sie in ihren Tunneln keine Ahnung von Verlobten, Isabells und Betrügereien haben konnten. Als ob man, nur weil man unter der Erde lebt, nicht genauso betrügen und betrogen werden kann!

Aber was wusste sie wiederum von der Welt der Maulwürfe? Nichts, und die Maulwürfe ließen sie reden. Sie lernten das Wort und wiederholten es zuweilen, um ihr Gesellschaft zu leisten. Doch ohne es zu wollen, machten sie dadurch alles noch schlimmer:

»Betrogen …, ogen …, ogen.«

Nach und nach gelangte sie zu der Überzeugung, dass sie keine Ente war. Sie sagte es sich den lieben langen Tag laut vor: Vielleicht bin ich gar keine Ente. Zumindest nicht so eine, wie die, die ich in der Welt der Enten gesehen habe. Denn wenn ich eine wäre, hätte ich mich unter ihnen wohlfühlen müssen. Und wenn ich mich unter ihnen nicht wohlgefühlt habe, bedeutet das, dass ich nicht so bin wie sie.

Aber vielleicht reicht es nicht, eine Ente zu sein, um sich unter Enten wohlzufühlen …

Oder aber ich war eine Ente, bin aber jetzt etwas ganz anderes … Während sich ihre Gedanken im Kreis drehten und sie zu ersticken drohten wie der Würgegriff einer Schlange, begann sie damit, sich genau zu betrachten. Was hatte sie schon Entenhaftes an sich, überlegte sie, was sie unumstößlich zur Ente machte?

Ihre Beine endeten tatsächlich in Flossen, das ließ sich nicht leugnen. Wie aufmerksam sie sie auch betrachtete – es gab kein Entkommen: drei Zehen und dazwischen dünne, transparente Haut. Auch wenn man zu leugnen versucht: Wer Flossen hat, hat eben Flossen. Aber dass einen das schon darauf festlegte, eine Ente zu sein, war übertrieben! Wer hatte nicht alles Flossen? Sie hätte nicht sagen können, wer und wie viele genau, aber mit Sicherheit nicht nur Enten.

Es stimmte, sie hatte keine Krallen. Und weder Greiffüße, noch Fellfüße und auch nicht vier davon

… Im Grunde wusste sie nur eines mit Sicherheit: was sie alles nicht war. Sie war kein Panther, keine Mücke, keine Giraffe … Sie war weder ein Barracuda, noch ein Schimpanse … Sie besaß zwei Beine. Die in Flossen endeten. In zwei Schwimmflossen. Und was weiter?

Wer oder was bin ich dann?, fragte sie sich am Ende jedes Mal aufs Neue. Sie kam kein Stückchen weiter.

Die Maulwürfe ließen sie mittlerweile vor sich hin reden und antworteten ihr nicht mehr. Wenn sie sie unter der Erde hätte beobachten können, hätte sie gesehen, dass sie jedes Mal ihre kleinen Schultern zuckten, wenn sie wieder ihre Frage losließ, wer sie denn bloß sei.

In Wahrheit war es den Maulwürfen völlig egal, wer sie war. Sie sahen sie nicht, hatten sie trotzdem sehr lieb gewonnen und wenn es nach ihnen gegangen wäre, konnte sie alles Mögliche sein – sie hatten sie so oder so lieb.

Maulwürfe haben genau zwei Eigenschaften: Sie sehen erstens nichts und können zweitens nicht gesehen werden. Deshalb können sie – unsichtbar, wie sie für uns sind – alles Mögliche sein: Denn wenn man etwas nicht sieht, und zwar niemals, kann man sich jede beliebige Vorstellung davon machen, es sich sogar mit Panthergesicht und Schnabeltierfüßen vorstellen!

Die Ente wurde also von den Maulwürfen *nicht gesehen* und konnte für sie alles Mögliche sein. Aber auch für sie, die die Maulwürfe *nicht sah*, konnten die Maulwürfe jedwede Gestalt annehmen (sogar ihre eigene!). Aus diesem Grund begann sie, sich als eine der Ihren zu fühlen: als Maulwurf.

Das einzig Schwierige war nur, dass sie das nicht mehr laut sagen konnte. Es war nicht mehr so wie früher, als sie sich noch für alles Mögliche halten konnte, für einen Biber oder für eine Fledermaus. Sie konnte nicht mehr behaupten, ein Maulwurf zu sein, weil sie wusste, dass sie eine Ente war. Es war schrecklich: An jenem Tag in der Schule, als ihr die Kinder gesagt hatten, dass sie eine Ente war, wurde sie ein für alle Mal darauf festgelegt, eine Ente zu sein. Es war eine ausweglose Situation.

Sie konnte kein Maulwurf sein.

Doch wie eine Ente fühlte sie sich trotzdem nicht.

Und so kam es, dass sie das Gefühl bekam, ein Niemand zu sein.

Ich bin weder das eine, noch das andere. Also bin ich … ein Niemand.

Sie ließ ihr gesamtes Leben an sich vorüberziehen. Sie hatte *mitnichten* ihre Pantoffelmama gefunden, sie hatte *mitnichten* einen Biber geheiratet (der einzige Biber übrigens, der kein Biber sein wollte), sie war *mitnichten* eine Fledermaus geworden, sie hatte *mitnichten* ein Zuhause bei den Kranichen gefunden, sie hatte *mitnichten* einen Verlobten …

Sie begriff, dass ihr Leben aus einer Abfolge von Verneinungen bestand. Sie besaß nichts, sie war ein Niemand.

Mit dieser Erkenntnis wurde sie ein Niemand. Also jemand, von dem man nicht genau weiß, was er ist. Sie schlug es sich aus dem Kopf, irgendwer oder irgendwas sein zu wollen, und wurde zu etwas Undefinierbarem: zu einem Niemand. Das wären wir übrigens auch alle, wenn wir nur in der Welt der Maulwürfe leben würden: Wenn uns die anderen nicht sehen könnten, könnten wir nach Herzenslust ein Niemand sein und müssten uns nicht groß mit der Frage aufhalten, wer oder was wir sind oder nicht sind. Die Leute müssten lediglich die Augen zulassen. Oder aber wir müssten alle in der Welt der Maulwürfe leben. Wie einfach das wäre!

Der Gedanke, ein Niemand zu sein, war für sie wunderbar beruhigend. Er verhalf ihr zu innerem Frieden und einem Gefühl von Freiheit: Sie begann die Straße entlangzulaufen und schwebte dabei gut einen Meter über dem Boden. So gelangte sie zu der Erkenntnis, dass sie Flügel hatte. Etwas, das sie in all ihrer Angst, jemand sein zu müssen, noch nie bemerkt hatte.

Mit einem Mal fühlte sie, dass sie etwas Wichtiges entdeckt hatte. Vor langer Zeit hatte sie so etwas wie Flügel schon einmal gesehen, und zwar auf dem Bild in dem Buch, dass ihr Fräulein Tolmer in der Schule gezeigt hatte. Sie hatte das Bild ausgiebig betrachtet, sich eine Kopie davon gemacht und diese ganz genau studiert. Doch diese Tatsache hatte sie – warum auch immer – wieder vergessen.

Sie erinnerte sich, gelesen zu haben, dass Enten, wenn sie wollen, weit wegfliegen können, sogar bis nach Afrika, wenn sie denn wollen. Sie wollte gar nicht bis nach Afrika, sie wollte bloß ein bisschen fliegen. Sie hatte die Überzeugung verloren, eine Ente zu sein. Dafür hatte sie sich daran erinnert, Flügel zu besitzen, und begann eines schönen Tages zu fliegen.

Sie flog jeden Tag ein bisschen und legte immer größere Strecken zurück. Das Fliegen erschien ihr als das Natürlichste von der Welt. Und sie wunderte sich, dass sie es nicht viel früher getan hatte.

Sie flog bis zum Meer, und als sie es von Weitem sah, war es für sie das Schönste, was sie je gesehen hatte. Sie flog tagelang darüber hinweg und schwelgte in all dem Blau.

Siehst du, dachte sie, wenn ich nicht bemerkt

hätte, ein Niemand zu sein, hätte ich mich auch nicht daran erinnert, Flügel zu haben. Und wenn ich mich nicht daran erinnert hätte, Flügel zu haben, hätte ich auch niemals das Meer gesehen.

Am Meeresstrand …

Am Meeresstrand lebte ein merkwürdiger Zeitgenosse. Sie beobachtete ihn von Weitem. Sie hatte sich ein Haus direkt auf dem Kamm einer Düne gemietet, mit einem riesigen Panoramafenster, das aufs Meer hinausging. Von dort aus beobachtete sie jeden Tag die merkwürdige Gestalt und wusste nicht recht, ob sie sich ihr nähern sollte oder nicht.

Von Weitem betrachtet, war es ein großer grauer dünner, ja spindeldürrer, Typ mit einem markanten Profil. Er schien auch einen Schwanz zu haben, aber da war sie nicht sicher. Sie beschloss, ihn fürs Erste von Weitem zu beobachten.

Sie sah, dass er teils auf dem Meer in seinem Segelboot, teils am Strand in einer versteckt gelegenen Höhle lebte, von der man nur den Eingang erkennen konnte. Manchmal trug er eine Schirmmütze, um sich vor der Sonne zu schützen. Manchmal trug er Tauchermaske, Schnorchel, Schwimmflossen und einen Bleigürtel.

Und manchmal setzte er auch eine Sonnenbrille auf, sah aufs Meer hinaus und fuchtelte mit seiner Angel herum. Dann trug er ein quer gestreiftes T-Shirt, kurze Hosen und merkwürdige Sandalen. Stets trug er Sandalen. Er sah aus wie ein Mönch.

Die Ente beschloss, zum Strand hinunterzugehen und nachzusehen, wer das war. Zwei Meter von ihm entfernt blieb sie stehen. Sie sah ihn von hinten, über die Angelschnur gebeugt. Es kam ihr vor, als spräche er … mit seiner Angel, aber sie achtete nicht weiter darauf.

»Entschuldigen Sie, mein Herr …«, rief sie.

Der Herr drehte sich um, und zu ihrer Überraschung war es kein Unbekannter.

»Der Wolf aus der Stadt!«, rief sie.

Es handelte sich tatsächlich um jenen Wolf, den sie eines Tages in der Stadt getroffen hatte, unter den Arkaden, als sie versucht hatte, vor den Straußen und Madame Kra zu fliehen.

»Die Ente auf dem Roller!«, rief er seinerseits ebenso ungläubig wie verblüfft und ließ seine Angel in den Sand fallen.

»O nein«, entgegnete sie triumphierend, »die bin ich schon lange nicht mehr!«

Der Wolf betrachtete sie aufmerksam. Sie war es wirklich, die entzückende kleine Ente, die ihm beinahe vor die Füße gefallen war, an einem Frühlingsmorgen vor vielen Jahren. Die Ente mit dem zerzausten Gefieder, die er leichtsinnigerweise aus seinem Leben hatte verschwinden lassen. Sie war nur etwas … brauner, das war es, und nicht mehr so gelb, aber sie war es, zweifelsfrei. Daher war er recht erschüttert von ihrer befremdlichen Antwort und fragte:

»Wer bist du dann?«

»Niemand«, sagte sie stolz und voller Freude, überglücklich, dass sie sagen konnte, keine Ente mehr zu sein, sondern etwas Undefinierbares.

Der Wolf war zunächst etwas verwundert. Er griff wieder nach der Angel, befreite sie vom Sand, betrachtete sie aufmerksam, streichelte sie und rollte dann die Schnur wieder auf und sellte die Angel neben einen großen Korb.

In diesem Moment gestand er sich ein: Phantastisch, alles, was ich brauchte, war … niemand!

Man muss wissen, dass der Wolf in all den Jahren des In-die-Bibliothek-Gehens sein Buch fertig geschrieben hatte. Mehr noch, er hatte noch drei weitere geschrieben. Aber weil alles irgendwann einmal ein Ende hat, hatte auch sein Leben als Schriftsteller irgendwann ein Ende, und er sah sich gezwungen, der Wahrheit ins Gesicht zu sehen.

Die bittere Wahrheit bestand für den Wolf darin, dass er als einsamer Wolf unheimlich einsam war. Das Bücherschreiben war ihm keine große Hilfe, denn Bücher schreibt man in Einsamkeit – fehlt es an Einsamkeit, schafft man nicht, welche zu schreiben. Nicht umsonst hat man die Massen noch nie beim Bücherschreiben gesehen. Die Massen können so einiges tun: Transparente hochhalten und demonstrieren, Sonntags picknicken und an Weihnachten Ski fahren, die Sommerferien in Hotelanlagen mit Animateur verbringen und den Samstagnachmittag im Einkaufszentrum. Die Massen können all das und noch viel mehr, aber keine Bücher schreiben.

Und so ließ der Wolf, dessen Schriftstellerleben eindeutig beendet war, Stadt und Bibliothek hinter sich. Und ohne sich in der Masse zu verstecken, nahm er sein Leben selbst in die Hand und wurde, wer er in Wirklichkeit war: ein einsamer Wolf. Zu diesem Zweck suchte er sich eine einsame Wüste. Die Worte einsam und Wüste passen in der Regel sehr gut zusammen, auch wenn Wüsten manchmal durchaus belebt sein können und Massen äußerst einsam.

Nur dass der Wolf nicht besonders glücklich war, ein einsamer Wolf zu sein: Er litt sehr unter der Einsamkeit.

Außerdem hatte er in all den Jahren oft an die Ente auf dem Roller denken müssen, daran, wie sein Leben wohl verlaufen wäre, wenn er sie an jenem Tag daran gehindert hätte, das Taxi zu nehmen. Er dachte an sie, aber nicht oft genug, um loszuziehen und sie zu suchen: Er war immer noch ein einsamer Wolf und blieb am liebsten für sich.

Er hatte sich eine bequeme Höhle direkt am Meer gebaut und sie mit alten Landhausmöbeln eingerichtet. Er hatte sich ein Segelboot gekauft, die eine oder andere Angel, einen Korb für die Würmer, einen Eimer für die Fische und einen schönen Grill, auf dem er sie abends zubereitete, nachdem er ein hübsches Feuerchen entfacht hatte. Und dann hatte er auf der Wiese vor seiner Höhle noch ein gelb lackiertes Metalltischchen aufgestellt sowie einen dazu passenden Stuhl. Und genau dort hatte ihn die Ente angetroffen, während er mit seiner Angel sprach.

So war es gewesen, er hatte mit seiner Angel gesprochen. Der Wolf war so einsam, dass er anfing, mit seiner Angel zu sprechen, zum Beispiel, wenn er den Köder am Haken befestigte. Nur ein paar Worte, nichts weiter, einfach, um überhaupt etwas zu sagen.

Er brauchte niemanden. Das sagte er sich immer wieder: niemanden. Doch in der Zwischenzeit sprach er mit seiner Angel, und wenn einer mit seiner Angel redet, ist das nie ein gutes Zeichen. Als ihm die Ente also sagte, sie sei ein Niemand, war der Wolf überglücklich und dachte, dass ihm genau das zu seinem Glück noch gefehlt hatte.

Es stimmte, dass er niemanden brauchte, aber er fühlte sich einsam.

Deshalb sehnte er sich nach Gesellschaft.

Und gleichzeitig nach niemandem.

Ein Jemand, der zugleich ein Niemand war, war für ihn perfekt.

Die Ente mit ihrem bunten weichen Federkleid, an das er seit der ersten Begegnung oft und oft gedacht hatte, war ein Geschenk des Himmels.

Diesmal ließ sie der Wolf nicht mehr aus seinem Leben verschwinden. Er lud sie umgehend auf eine Segelpartie ein, segelte den lieben langen Tag mit ihr übers Meer und angelte ein paar vorzügliche Fische, die er ihr abends am Strand mit Salz und Rosmarin grillte.

Der Wolf konnte hervorragend Fisch grillen.

Von jenem Tag an trafen sie sich oft. Er lud sie regelmäßig in seine Höhle ein, legte eine schöne karierte Tischdecke auf sein gelbes Tischchen, und sie aßen gegrillten Fisch. Oder auch Brot und Salami, weil karierte Tischdecken auf der Wiese hervorragend zu Salamibrötchen passen, ebenso wie zu hart gekochten Eiern, vor allem an Ostern.

Anschließend gingen sie spazieren. Sie erklommen den Kamm einer Düne, wo sie innehielten, um von Weitem aufs Meer zu schauen.

Das Meer von Weitem ist etwas ganz anderes als das Meer von Nahem: Es liegt ganz still da und wirkt größer. Beinahe unwirklich. Es riecht nach nichts und macht kein Geräusch. So kann man sich einbilden, das alles nur zu träumen. Dann kommt man wieder herunter an den Strand, und da ist wirklich das Meer! Und wenn man feststellt, dass das Meer tatsächlich vor einem liegt, nach Meer riecht, Wellen und Schaum macht und darin Fische schwimmen, dann ist man wunschlos glücklich. Als würde man feststellen, dass die eigenen Träume wahr geworden sind.

Um dieses Glück empfinden zu dürfen, muss man, wenn auch nur für einen kurzen Moment, gedacht haben, dass das alles nur Einbildung ist. Man muss es mindestens einmal von Weitem gesehen haben, das Meer.

Eines Tages sagte der Wolf:

»Du solltest hin und wieder ein wenig fliegen.«

Das stimmte, denn die Ente war seit jenem Tag,

an dem sie ihre Flügel entdeckt und bis ans Meer gelangt war, nicht mehr geflogen. Manchmal kommt es im Leben zum Stillstand, und genau das war ihr passiert: Sie war plötzlich zum Stillstand gekommen. Und hatte es nicht einmal bemerkt.

Auch ihre Freunde, die Maulwürfe, hatte sie vergessen, sie hatte sich nicht mehr bei ihnen gerührt. Der Wolf hatte ihre gesamte Vergangenheit von ihr abgewaschen, und sie fühlte sich wie neugeboren, so wie damals, als sie in der warmen Höhle ihres Mamapantoffels lebte.

Jetzt riet ihr der Wolf, hin und wieder eine kleine Runde zu fliegen. Wie nett er war!

»Und wenn mir die Flügel eingerostet sind?«, fragte sie. Das war natürlich ein Vorwand, in Wahrheit hatte sie einfach keine Lust auf Bewegung.

»Probier es wenigstens aus …«, entgegnete der Wolf. Er bedauerte, dass die Ente ihre Fähigkeiten nicht nutzte, so auch jene, zu fliegen.

Um dem Wolf einen Gefallen zu tun, begann die Ente eines Tages wieder zu fliegen.

Sie flog ein kleines Stück, um ihm zu zeigen, dass sie auf ihn hörte. Und fand sofort wieder Gefallen daran: Fliegen war wirklich einmalig schön, alle Sorgen waren wie weggeblasen, man konnte sich von der Luft tragen, sich von ihr mitreißen lassen …

Sie beschloss, zu den Maulwürfen zu fliegen, um

ihnen guten Tag zu sagen. Und überflog so rückwärts alle Welten, die sie bis dahin kennengelernt hatte. Sie überflog den See mit den Bibern, die City der Fledermäuse, die LangBeinSiedlung mit den langen, grissiniähnlichen Mehrfamilienhäusern, den Entenclub mit den *Bagni Canneto* … Sie entdeckte auch ein Dorf, zu dem man über eine lange, gewundene Straße gelangte, und ganz hinten in der letzten Kurve erkannte sie einen Mülleimer, der sie an etwas erinnerte, aber sie wusste nicht mehr, an was.

Von dort oben erkannte sie eine Wahrheit, die sie nicht wenig überraschte. Sie erkannte, dass alle Welten, die sie bisher kennengelernt hatte, miteinander verbunden waren. Sie lagen dort ganz nah aneinander … O ja, sie erkannte, dass alles noch da war. Und es waren nicht viele Welten, sondern eine einzige winzig kleine. Wer weiß, warum sie ihr so groß vorgekommen war …

Als sie die Maulwürfe erreichte, war ihr Blick leer und traurig. Wie gut, dass die Maulwürfe sie nicht sehen konnten. Sie verkündete, dass sie einen Wolf kennengelernt hätte, und die Maulwürfe ließen ein lang gezogenes Ohoh hören, so erstaunt waren sie. Sie hatte das unbestimmte Gefühl, dass sie von Wölfen nichts verstanden, und beschloss deshalb, ihnen den Wolf bis ins Detail zu beschreiben. Sie begann mit dem struppigen Fell auf seiner Brust, fuhr dann mit seinem langen wedelnden Schwanz fort, um schließlich auf die wolfsgrauen, gutmütigen und liebevollen Augen zu sprechen zu kommen.

Dann verabschiedete sie sich von ihnen. Die Maulwürfe waren sehr traurig, dass sie aufs Neue fortging. Beinahe kam es ihr so vor, als weinten sie.

Wieder zu Hause ruhte sie ihre Flügel aus und lächelte. Wieder hatte sie etwas dazugelernt. Sie hatte gelernt, dass sie nicht weit wegwollte. Sie wusste jetzt, dass sie nie bis Afrika fliegen würde, wo die Enten, wie sie gelesen hatte, in den kalten Monaten hinfliegen. Wenn sie gewollt hätte, hätte sie natürlich nach Afrika fliegen können: Sie hatte ihre Flügel ausprobiert, und sie waren äußerst robust: Sie hätte es ohne Weiteres geschafft, in weit entfernte Länder zu fliegen.

Aber sie wollte es nicht. Ein einziger Zweifel nagte an ihren Flügeln: Wenn ihr die kleine Welt, in der sie gelebt hatte, dermaßen groß vorgekommen war, wie klein musste ihr dann jetzt die große Welt vorkommen!

Dieser Zweifel quälte sie. Sie wollte nichts wissen von der großen weiten Welt, sie hatte Angst, dass sie hinterher wirklich zu klein sein könnte, ein Pünktchen, ein lächerliches Nichts.

Da blieb sie doch lieber zu Hause. Am liebsten in der Höhle des Wolfes, die von oben betrachtet nur ein winzig kleiner Punkt war. Für sie aber war es der größte Ort der Welt.

Nach all den Salamibrötchen, gegrillten Fischen und karierten Tischdecken wurde die Ente von Unruhe erfasst, die in einer quälenden Frage gipfelte: in der berühmten Zahnbürstenfrage. Warum hatte sie der Wolf noch nicht gebeten, ihre Zahnbürste mit in den Bau bringen?

Das wäre doch das Natürlichste von der Welt gewesen, eine eigene Zahnbürste. Sobald man seine Zahnbürste umzieht, bedeutet das, dass man beim anderen eingezogen ist und mit ihm zusammenlebt. Und leben tut man nur dort, wo sich die eigene Zahnbürste befindet. Wenn man in ein Haus kommt, wo man keine eigene Zahnbürste hat, ist das der Beweis, dass man woanders wohnt.

Und deshalb lautete die quälende Frage im übertragenen Sinne: Warum bat sie der Wolf nicht, zu ihm zu ziehen? Solange er sie nicht darum bat, konnte sie unmöglich ihre Zahnbürste umziehen. Es ist schließlich nicht so, dass man seine Zahnbürste mir nichts, dir nichts überall mit hinnimmt. Man braucht dafür einen guten Grund.

Deshalb war die Ente sehr traurig. Sie ertappte

sich dabei, wie sie ihre unglückliche Zahnbürste voller Zärtlichkeit und Mitleid betrachtete. Manchmal ertappte sie sich sogar dabei, wie sie mit ihr sprach:

»Ich weiß auch nicht, was ich dir sagen oder tun soll. Du bist eine gute Zahnbürste und hättest es wirklich verdient, in einer schönen Höhle am Meer zu leben. Aber wir müssen Geduld haben, weißt du, Wölfe sind nun mal Wölfe, und vielleicht sind auch ihre Zahnbürsten einsam …«

Diese Monologe vor der Zahnbürste wurden von Tag zu Tag häufiger, und die Ente fragte sich im Stillen, was sie nicht einmal ihrer Zahnbürste zu sagen wagte: Worauf wartet der Wolf eigentlich noch?

Der Wolf wartete in Wirklichkeit auf gar nichts. Er hatte von Anfang an beschlossen, die Ente zu heiraten, schon an dem Morgen unter den Arkaden, als er ihr und ihrem Roller begegnet war und sie in der Bar Abraham auf einen Kaffee eingeladen hatte. Für ihn war das klar. Oder besser: seinem Unterbewusstsein. Es stimmte zwar, dass er sie aus seinem Leben hatte verschwinden lassen, aber das hinderte ihn nicht daran, unbewusst – doch dadurch nicht minder – davon überzeugt zu sein, diese Ente eines Tages zu heiraten. Und ob er sie heiraten würde!

Wölfe sind merkwürdige Geschöpfe. Sie haben unumstößliche, unverrückbare unbewusste Überzeugungen. Dermaßen unumstößlich und unverrückbar, dass sie sich nicht mehr die Mühe machen, sie in die Tat umzusetzen. Der Wolf war unbewusst davon überzeugt, die Ente zu heiraten. Wozu sich also anstrengen, es in die Tat umzusetzen? In seinem wurmstichigen Wolfsgehirn hatte das Ganze längst stattgefunden.

Es war mitnichten so, dass sie der Wolf nicht bitten wollte, ihn zu heiraten. Und ob er das wollte. Aber da er ein Wolf war, hatte er unbewusst vergessen, sie darum zu bitten.

In einer stürmischen Nacht fiel es ihm plötzlich wieder ein.

Es tobte ein solcher Sturm, dass er bis in seine Höhle eindrang und seinen gesamten Besitz fortzuwehen drohte, vor allem das, was nicht so schwer war: seine Zettel, die karierten Tischdecken und die Schmetterlingssammlung.

Der Wolf sah in jedem Zimmer nach, ob auch nichts fehlte.

In jenem stürmischen Moment fiel ihm auf, dass tatsächlich etwas fehlte: die Ente.

Ein vollkommen irrationaler Gedanke ergriff von ihm Besitz: Er hatte plötzlich Angst, der Sturm hätte sie mit sich fortgetragen. So federleicht, wie sie war …

Dann fiel ihm ein, dass das deswegen nicht sein konnte, weil die Ente gar nicht mit ihm in seiner Höhle lebte. Wenn sie nicht da war, dann deshalb, weil sie nie da gewesen war.

Das war ihm ebenso unbegreiflich wie unerträglich, und er machte sich sofort daran, Abhilfe zu schaffen. Er ging schnurstracks zum Haus der Ente, zu ihrem kleinen Haus auf der Düne mit Meerblick. Er fand sie selig schlummernd in ihrem Federbett, rüttelte sie unsanft und sagte, sie müsse sofort zu ihm in seine Höhle ziehen, da er …, da er …

»Warum?«, fragte sie, noch ganz verschlafen, während ihr die Federn vom Kopf abstanden.

»Heiratest du mich?«

Normalerweise beantwortet man Fragen nicht mit Gegenfragen, aber in diesem Fall fand die Ente das begreiflicherweise nicht schlimm. Sie machte einen Freudensprung in ihrem Bett, und dann noch einen. Sie sprang die ganze Nacht auf ihrem Bett herum, was der Wolf als Ja interpretierte.

Und während sie auf und ab hüpfte, schossen ihr jede Menge Gedanken durch den Kopf. Sie überlegte, wie viele Fische sie wohl gemeinsam essen würden, mit welchen Nippesfiguren sie die Höhle schmücken würde, ob sie Gardinen anbringen sollte oder lieber nicht, und wie viele Kinder sie wohl bekommen würden, selbstverständlich eine Mischung aus Wonte und Elf …

In jener Nacht legten sie Hochzeitsdatum und Hochzeitsort fest: Sonntag am Strand.

Als Erstes brachte die Ente ihre Zahnbürste in die Höhle. Sie machte sie zurecht, wusch jede einzelne Borste und parfümierte sie mit einer Jasminessenz. Dann legte sie sie auf ein Wattekissen und überschritt damit feierlich die Schwelle der Wolfshöhle. Sanft stellte sie sie in das Glas über dem Waschbecken, neben die etwas borstigere Zahnbürste des Wolfes. Und flüsterte ihr zu:

»Ihr werdet euch schon anfreunden, wart's ab!«

Sie war hochzufrieden mit sich, als hätte sie das letzte Teil eines Puzzles eingefügt.

Als Nächstes setzte sich die Ente hin und schrieb Hochzeitseinladungen. Ihr war eine Idee gekommen: Jeden einzuladen, den sie kennengelernt hatte, und die Einladung jedem Einzelnen höchstpersönlich zu überbringen, per Luftpost sozusagen. Sie hatte vor, die Einladungen in den Schnabel zu nehmen und sie eine nach der anderen genau über den Häusern ihrer Hochzeitsgäste abzuwerfen.

Der Wolf machte sich große Sorgen. Er war überglücklich, diese phantastische Niemands-Ente heiraten zu können, hatte jedoch keineswegs vor, gänzlich auf seine Einsamkeit als einsamer Wolf zu verzichten. Die hatte er so nötig wie die Luft zum Atmen, und er fürchtete sich vor einer Hochzeit, die ihm gefährlich überlaufen vorkam. Er sah schon Scharen mehrfach gefiederter Enten vor sich herumeiern, die seine Welt mit ihrem Entengeflatter und -geschnatter für sich beanspruchten, sowie Heerscharen von allen möglichen Tieren, plüschig gefiedert, gezügelt und geflügelt.

Aber eines Morgens verschwand die Ente mit einem Schwung bunter Einladungen im Schnabel, nicht ohne ihm zuvor in sein großes, haariges Ohr zu flüstern:

»Mach dir keine Sorgen, ich bin gleich zurück.«

Und tatsächlich war sie nach wenigen Minuten wieder da: Sie hatte die Einladungen an alle verteilt, an die sie sie verteilen wollte. Sie betrat die Höhle, putzte sich die Zähne mit ihrer glücklichen Zahnbürste und legte sich dann entspannt an den Strand, um ein wenig mit der Angel zu plaudern: Der Wolf hatte aufgehört, mit ihr zu sprechen, und sie fürchtete, die Angel könnte sich einsam fühlen, so allein an den Korb mit den Fischen gelehnt.

Sie heirateten an einem stürmischen Sonntag.

Sie errichteten eine Art Podest auf der höchsten Düne, die sich so weit über das Meer neigte, dass sie nichts als das Meer sahen, und zwar von Weitem.

Es kamen jede Menge Gäste, ungefähr zweihundertdreißig. Aber der Wolf konnte niemanden sehen:

»Wo sind sie denn?«, fragte er.

Tatsächlich sah man niemanden, denn von allen, die eingeladen waren, waren nur die Maulwürfe gekommen. Und Maulwürfe sieht man bekanntlich nicht. Sie hatten ein wenig gebraucht, um herzukommen, denn es war nicht einfach, all die Tunnel bis zum Meer auszubauen, aber sie hatten es geschafft.

Die anderen waren aus ganz unterschiedlichen Gründen nicht gekommen.

George Biber war in Oxford, wo er Philosophie studierte: Er dachte von morgens bis abends, und nichts konnte ihn aus seinen Gedanken reißen.

Fledder Drasitzki war partout nicht aufzufinden: Er schien sich in Nichts aufgelöst zu haben.

Egon Eidechs war ein berühmter Orthopäde geworden und hatte ein Traumazentrum für die Wiederherstellung von Schwänzen eingerichtet. Es war ihm gelungen ein System zu entwickeln, die abgebrochenen Schwänze chirurgisch wieder an den Eidechsen zu befestigen, um ihnen so das lange Warten und die enorme Angst, die mit dem natürlichen Nachwachsen verbunden war, zu ersparen. Ein Riesenerfolg: Sein Zentrum war mittlerweile weltberühmt, und er hatte ununterbrochen zu tun. Seit Neuestem widmete er sich der Stammzellenforschung an erwachsenen Eidechsen, da war er selbst für eine Hochzeit unabkömmlich. Stattdessen schickte er eine wunderschöne eidechsengrüne Karte mit den besten Wünschen für das Brautpaar.

Die Adoptiveltern, Madame Kra und Ingo Flam, kamen nicht, weil sie beinahe in Ohnmacht gefallen waren, als sie auf der Einladung gelesen hatten, dass sie einen Wolf heiratete.

»Einen richtigen Wolf?«, fragte Madame verzweifelt, die keine Ahnung hatte, wie sie das nur ihren Freundinnen beibringen sollte.

»Aber …, das ist doch alles andere als passend!«, hatte Herr Flam geurteilt, während sich die Blätter seines Lexikons mit seinen rosa Flamingofedern um die Wette sträubten.

Und was Frank Fondak anbelangte …, nun ja, man lädt Exfreunde nicht zur Hochzeit ein, schon gar nicht solche, die einen betrogen haben!

Also blieben nur die Maulwürfe übrig.

Genau zweihundertdreißig Maulwürfe, die von überall her gekommen waren, Tunnel um Tunnel gegraben hatten und nun, unsichtbar, der Trauung beiwohnten. Sie hatte bis zuletzt gehofft, dass sie wenigstens zu ihrer Hochzeit den Kopf hervorstrecken würden, aber nein. Sie waren und blieben Maulwürfe.

Und so blieb die Wüste wüst und leer. Auch wenn sie in Wahrheit äußerst überlaufen war, wie soll man das beweisen? Es gibt unsichtbare Dinge, die immer unsichtbar bleiben. Dazu gehört auch die Unterwelt! Es gibt nur sehr wenige, die daran glauben, wahrscheinlich ausschließlich Maulwürfe. Und trotzdem waren die Anzeichen für ihre Existenz nicht zu übersehen: Überall Tunnel, die das Brautpaar wie Waggons aus aufgeworfener Erde umringelten. Und von überall her erklangen feierliche Hochzeitslieder.

Wer weiß, wo sie die lernen, die Maulwürfe …

Sie wollten gerade mit der Trauung beginnen, als plötzlich jemand Unerwartetes auftauchte. Sie sahen ihn hoch oben am Himmel kreisen, ein winziges, sehr, sehr gelbes Pünktchen, das mit dem Flügel in ihre Richtung zu winken schien. Wer oder was das war, konnte man unmöglich erkennen, ein richtiges Federvieh war es nicht, denn von Federn war nichts zu sehen. Aber das Geschöpf war so was von gelb … Ob das ein entfernter Verwandter meiner Braut ist, fragte sich der Wolf.

Sie dagegen wusste sofort, wer das war. Sie ließ sich nichts anmerken, platzte jedoch beinahe vor Freude: Das war Fledder! Fledder hatte es tatsächlich geschafft! Er teilte ihr gerade aus der Luft im Taubstummenalphabet mit, dass die gelbe Feder, die sie ihm eines Tages geschenkt hatte, tatsächlich ihre Wirkung getan hatte.

Wie das?, fragte sie, immer noch in der Zeichensprache. Aber Fledder flog schon wieder weiter, er sagte, er sei nur auf der Durchreise, wünsche ihr alles Gute, könne aber leider nicht bleiben: Jetzt, wo er gelb sei, müsse er bis nach Afrika fliegen …

»Wer oder was war das denn?«, fragte der Wolf, der von dem wilden Gefuchtel mit den Flügeln nicht das Geringste verstanden hatte.

»Eine Fledermaus, siehst du das denn nicht?«, entgegnete sie ohne Zögern. Tief in ihrem Inneren aber ließ sie die Sorge nicht los, dass Fledder … eine Fledermaus geworden war, die sich für eine Ente hielt.

Der Wolf starrte immer noch zum Himmel empor. Dort sah man rosa Wolken, einen weißen Flugzeugkondensstreifen und jenes winzige Geschöpf, das wie besessen durch die Luft flatterte und über irgendetwas überglücklich zu sein schien.

Er nahm es als gutes Omen und dachte nicht weiter darüber nach. Das war auch nicht angebracht, denn wer eine Ente auf einem Roller heiratet, muss damit rechnen, dass Fledermäuse manchmal auch gelb sein können.

Braut und Bräutigam standen nebeneinander auf dem Trittbrett. Er im grauen Anzug, sie in einem gelben Kleid und federbesetztem Hut. Sie sahen aus wie ein Wolf und eine Ente.

Da die Hochzeitsgäste Maulwürfe waren, wusste man nicht, was sie anhatten.

In diesem Moment merkte das Brautpaar, dass irgendetwas fehlte. Irgendetwas Grundlegendes, das so grundlegend war, dass man nicht darauf verzichten konnte. Da hatten sie an alles gedacht, nur nicht …, nur nicht an denjenigen, der sie trauen sollte!

Um zu heiraten, braucht man einen Priester.

Und jetzt? Wo sollten sie ihn hernehmen, mitten in der Wüste?

Wüsten sind schließlich keine Städte und haben folglich keine großen Plätze. Und wenn es dort keine großen Plätze gibt, gibt es dort auch keine Kirchen. Und wenn es dort keine Kirchen gibt, gibt es dort auch keine Priester. Die Wüsten haben keinerlei Verwendung für Priester, sie brauchen nichts als den Wind, der dann und wann eine Düne verweht und auf diese Weise für etwas Abwechslung sorgt. Aber der Wind kann keine Trauung vollziehen. Also was tun?

Die Ente ließ sich zu Boden fallen, warf ihr entzückendes, federbesetztes Hütchen weg und begann zu weinen. Ihre Tränen überschwemmten die Wüste und drangen in die Welt der Maulwürfe ein. Wasser strömte in ihre Tunnel.

Die Maulwürfe waren beunruhigt, teils wegen der Flut, die sie zu überschwemmen drohte, teils wegen der Verzweiflung ihrer Freundin. Also fassten sie einen Entschluss.

Plötzlich blähte sich einer der Tunnel auf, bis es eine Art unterirdische Explosion gab und sich die Erde auftat. Es erschien …

»Was ist das?«, fragte der Wolf.

»Keine Ahnung …«, sagte die Ente.

Sie sahen sich einem nicht sehr großen Geschöpf mit dunkelbraunem Fell gegenüber. Es hatte eine spitze Schnauze und geschlossene Augen. Es trug eine merkwürdige weiße Tunika und einen langen Schal aus einem bestickten, glänzenden Stoff, der ihm bis an die Füße reichte. Füße …besser gesagt Pfoten, die in riesige lange, erdverkrustete Krallen ausliefen. Auf dem Kopf trug es eine merkwürdige goldene Kopfbedeckung, und mit den Vorderpfoten hielt es einen goldenen Kelch empor, genau wie ein Priester während der Messe.

»Wer oder was bist du denn?«, fragte das Brautpaar unisono.

»Ein Maulwurfspriester … iester!«, antwortete der Maulwurfpriester.

Die Maulwürfe hatten sie erhört. Aus Liebe zu

ihrer Freundin hatten sie beschlossen, das Priesterproblem zu lösen, indem sich einer von ihnen zeigte. Das war ihr Hochzeitsgeschenk.

Die Ente konnte ihre Augen nicht von ihm lassen. Ein Wunder war geschehen! Endlich konnte sie sehen, wie ein Maulwurf aussieht, und fand ihn wunderschön. Und noch dazu ein Maulwurf, der wie ein Priester gekleidet war … Sie fand es rührend, dass sich einer von ihnen als Priester verkleidet hatte, um ihr zu helfen …

Aber da täuschte sie sich: Der Maulwurf erklärte ihr, dass er tatsächlich Priester sei, er habe das Priesterseminar besucht, sei schon als junger Mann ordiniert und Pfarrer geworden.

Alle Maulwürfe pflichteten ihm von unter der Erde einstimmig bei: Genau so habe es sich zugetragen.

Da der Wolf und die Ente noch immer ganz verdattert waren, beschloss der Maulwurfspriester, ihnen etwas von seiner unterirdischen Welt zu erzählen. Da es sich um eine unsichtbare Welt handelt, war ihm bewusst, dass die Leute nur sehr wenig darüber wissen: Zum Beispiel glauben alle, dass Maulwürfe nichts anderes tun, als mit ihren langen Krallen Tunnel zu graben. Das ist nicht ganz richtig. Er erzählte, dass sie da unten alles Mögliche tun: Karten spielen, Kleider nähen, zur Schule gehen, Feste im Gemeindehaus feiern, Hindernisrennen veranstalten, Rockmusik hören und Sonntags spazieren gehen. Im Grunde, so erklärte er ihnen, sei ihre Welt recht einfach und überschaubar, in der jeder seinen Aufgaben nachgeht, so gut er kann, möglichst viel Freizeit möchte, ohne viel Aufhebens zu machen und ohne fernzusehen …

»Nicht zuletzt, weil wir nicht sehen können … Köstlich, mein Witz, nicht wahr?«, fügte der Maulwurfspriester hinzu und begann sich als Einziger schier auszuschütten vor Lachen.

Die Ente und der Wolf waren sprachlos. Nie hätten sie vermutet, dass die einzige Welt, die man nicht sieht, die unsichtbarste überhaupt, die beste aller Welten war!

Es war schon spät, und der Abend brach herein: In Kürze würde es dunkel, die Finsternis würde das Meer verschlingen und der Wind eine nächtliche Kälte mitbringen. Sie mussten sich beeilen.

Der Maulwurf schmückte den kleinen Altar, den er für diesen Anlass eigens mitgebracht hatte, mit Blumen, Weihrauch und Kerzen und traute sie. Der Wolf und die Ente tauschten die Ringe und wurden Mann und Frau.

Während der Maulwurf die letzten Worte des Traurituals sprach, sah das Brautpaar verklärt aufs Meer hinaus, das groß und blau direkt vor ihnen lag.

Man hätte meinen können, das Meer habe sie getraut. Das erzählten sie auch den vielen Kindern, die sie eines Tages haben würden (eine Mischung aus Wonte und Elf), sowie ihren Enkeln während ihres langen, erfüllten Lebens: Haben wir euch eigentlich schon erzählt, sagten sie dann, dass uns das Meer getraut hat?

Nur über den Maulwurfspriester verloren sie kein Wort und ließen ihn dem Vergessen anheimfallen. Vielleicht, weil es komisch klingt, wenn man sagt: Wir wurden von einem Maulwurf getraut … Es gibt Dinge, die werden einem die Leute nie glauben!

Sie bauten den Altar wieder ab, räumten das Trittbrett weg, legten die Blumen auf die Wiese und dankten dem Maulwurfspriester, der wieder unter die Erde in seine perfekte Unterwelt zurückkehrte, um dort Pfarrer zu sein.

Der Wolf kehrte in seine Höhle zurück, da er in all dem Chaos vergessen hatte, sein Bündel für die Hochzeitsreise zu schnüren, während sie sich an den Strand setzte. Ein merkwürdiges Glücksgefühl hatte von ihr Besitz ergriffen, in das sich eine Spur Wehmut mischte, als sie aufs Meer hinaussah, auf das ewige Heranrollen der Brandung, die immer wieder neues Wasser mit sich führte, mitnahm und wieder zurückbrachte. In diesem Moment glaubte sie zu verstehen, dass alles vergeht und in Wahrheit gar nichts vergeht, die Verlobten, die Mamas, die Wolken … Am Himmel ziehen zahlreiche Wolken vorüber, vor allem gegen Abend, über dem Meer. Es sieht dann so aus, als hätten sie große Eile und müssten dringend irgendwo ankommen.

In diesem Moment zog eine Wolke genau über sie hinweg, eine besondere Wolke, die tief am Himmel stand, riesig, grauer als die anderen und sonderbar geformt. Sie beobachtete sie aufmerksam, und es kam ihr so vor, als würde sie auf sie zusegeln und hätte die Form …, die Form eines Fellpantoffels! Mit einer Mäuseschnauze, großen Ohren, Barthaaren … Meine Mutter!, dachte sie sofort. Sie betrachtete sie genauer und hatte keinen Zweifel mehr, dass es sich bei dieser Wolke um ihre Mutter handelte: Sie war zu Besuch gekommen, natürlich ausgerechnet am Tag ihrer Hochzeit.

Der Wolf kam zum Strand und sah sie dort vollkommen regungslos sitzen und in den Himmel schauen:

»Was machst du da? Schaust du den Wolken nach?«, fragte er. Und setzte sich neben sie, um ihnen ebenfalls nachzuschauen.

Aber man sah nichts mehr, weil alle Wolken bereits vorübergezogen waren und der Himmel nachtschwarz geworden war.

Nachwort

Zu Beginn der Odyssee steigt Athene vom Olymp herab, um den jungen Telemach zu treffen und ihn zu überreden, er solle Informationen über seinen Vater einholen, der vor zwanzig Jahren aus Ithaka weggegangen war. Sie erscheint ihm in Gestalt des alten Mentes und fragt ihn, ob er wirklich Odysseus' Sohn sei. Telemach antwortet: »Dieses will ich, o Gast, dir sagen, so wie es wahr ist. Meine Mutter zwar sagt, ich sei von ihm, aber ich selber weiß es nicht; denn niemand kennt ja den eigenen Erzeuger.« (Homer, *Odyssee,* Reclam, Stuttgart, 1979) Unglaublich, Telemach weiß nicht, wer sein Vater ist! Vielmehr weiß er es nur vom Hörensagen, weil es ihm seine Mutter gesagt hat.

Unglaublich? Nicht wirklich, denn wenn wir es richtig bedenken, geschieht dasselbe auch uns: Wenn wir geboren werden, wissen wir nicht, wer wir sind. Das ist eine ganz simple Wahrheit: Wie sollen wir wissen, dass wir Menschen sind und nicht zum Beispiel Meerresschildkröten oder Panther? Die Eltern sind die Ersten, die unsere Identität aufdecken, wenn sie sich als unsere Eltern erklären. Sie müssen es uns sagen, weil wir es sonst nicht wissen. Und folglich wissen wir es nur, weil sie es uns gesagt haben. Wir sind sehr zerbrechlich und abhängig, wenn wir klein sind: Abhängig von den Informationen, die andere uns geben. Und die anderen haben eine ganz schöne Verantwortung, wenn sie beispielsweise vorgeben, unsere Eltern zu sein, und es in Wahrheit gar nicht sind.

Der kleine Mogli, der von einer Wölfin aufgezogen wurde, wird glauben, dass er ein Wolf ist. Und das Federvieh in meiner Geschichte, das – kaum auf der Welt – als Erstes auf einen Pantoffel trifft, wird glauben, es sei ein Pantoffel ... Natürlich kann man diese Idee endlos fortsetzen: Weiß die Meeresschildkröte, dass sie eine Meeresschildkröte ist? Wer hat ihr das gesagt? Ihre Mutter? Und der Panther? Sprechen Panther miteinander, sagen sie sich gegenseitig, wer sie sind? Ich glaube schon. Sonst würden wir Panther sehen, die mit Mokassins und Sommeranzug durch die Straßen laufen; und Meeresschildkröten, die die Schulbank drücken, in Straßenbahnen sitzen oder in der Post Schlange stehen. Die Tatsache, dass wir nichts von all dem sehen, bedeutet, dass es keine Verwechslungen gibt, dass alle auf die eine oder andere Weise erfahren, wer sie sind, und sich dementsprechend verhalten. Wie sagt der weise Bär Balu? Am Ende kann man nicht anders, als der eigenen Spur zu folgen, diejenigen zu werden, die wir sind. Mutter Wölfin hin oder her, Mogli ist ein Menschenjunges, und ein Mensch wird er immer bleiben.

Aber am Anfang weiß man das noch nicht. Am Anfang, wenn wir klein sind, ist es schwer, etwas über uns zu wissen. Ob wir dünn oder dick sind, groß oder klein, sympathisch oder entsetzlich unsympathisch, faul oder – wie man heute sagen würde – hyperaktiv. Wenn andere uns nicht sagen, wer oder wie wir sind, werden wir es nie erfahren. Aber zum Glück (oder Unglück?) äußern sich die anderen, sie scheinen sogar eigens dafür da zu sein, uns ständig zu sagen, wer wir sind. Eines vor allem bringen sie uns bei: uns mit unserem Nächsten zu vergleichen. Durch dieses fortwährende Vergleichen mit denen, die wir um uns haben, erfahren wir, ob wir dick oder dünn sind. Na wunderbar! Die anderen haben uns gezeigt, wer wir sind!

Oder nicht? Haben sie uns vielmehr verschleiert, verdeckt, für immer vor uns selbst versteckt? Entdecken oder verdecken uns die anderen? Sind wir tatsächlich in der Lage zu verstehen, wer wir sind, oder werden wir vielmehr im Vergleich mit den anderen immer mehr zu dem, was wir nicht sind?

Ich glaube, dass wir, wenn wir sehr jung sind, eine oder besser noch mehrere Identitäten finden müssen. Wir suchen verzweifelt nach Menschen, Orten, Ideen, die uns definieren. Wir suchen Cliquen, Gruppen, Verbindungen: Wir müssen um jeden Preis zu jemandem oder zu etwas gehören. Es tröstet uns, wenn wir sagen können: Ich spiele in der und der Volleyballmannschaft, ich bin rechts, ich bin Marxist, gegen den Transrapid, katholisch, Atheist, Hamburger oder Berliner, ich höre Eminem oder die Beatles, ich trage Birkenstock oder Puma. Jede kleine oder große Entscheidung definiert uns und gibt uns womöglich Zugehörigkeit. Sie definiert uns, ermöglicht uns einzuordnen, macht uns zu einem Teil der Gruppe, lässt uns mit den anderen verschmelzen und homologisiert uns.

Und zugleich verschließt sie uns. Sie schränkt uns ein, das heißt, sie zeichnet unsere Konturen (und Grenzen) für immer und nimmt uns die Freiheit, jedes Mal wieder so zu denken, als wäre es das erste Mal, und je nach Situation neue und verschiedene

Meinungen zu haben. Am Ende sind wir dann etwas sehr Definiertes geworden, vorhersehbar, absehbar und unveränderlich. Und im Laufe des Lebens verstärken sich diese Tendenzen: Wenn wir zum Beispiel links sind, werden wir eher in Indien Urlaub machen als auf den Malediven, wir werden eher die TAZ lesen als die FAZ. Wir glauben, dass wir wählen, aber in Wahrheit treffen wir vorgefertigte Entscheidungen, gehorchen Klischees auch in unseren Gedanken: Wir denken vorgedachte Dinge, sagen vorgesagte Sachen. So haben wir gleichzeitig das beruhigende Gefühl, einer Gemeinschaft anzugehören, und das furchtbare Gefühl, ein Stück von uns selbst verloren zu haben, von unserem wahrhaftigsten und verborgensten Ich.

Ich glaube, dass es zwei Identitäten gibt: eine innere Identität (der Kern) und eine äußere Identität (die Schale), das, was wir in der Welt sind oder zu sein behaupten: eine Ansammlung von Etiketten, zusammengesetzt aus Bildern, Rollen, Zugehörigkeiten. Es ist nicht so, dass eine Identität wahrer wäre als die andere. Beide sind wahr, wie eben der Kern und die Schale einer Frucht. Das Problem ist ein anderes. Dass nämlich die äußere Identität die innere verdunkeln und trüben kann. Die verschiedenen Etiketten, mit denen wir uns im Leben so gerne zieren, machen es uns mit der Zeit schwer, die wahre Identität wiederzufinden, die in uns begraben, verdeckt, verkrustet ist. Als wären wir ein Fels im Meer, einer dieser Felsen, die wir jedes Jahr wieder aufsuchen und – ach! – verändert vorfinden: grüner von Algen, dichter mit Muscheln bewachsen, verkrusteter eben.

An diesen Punkt sollte, finde ich, eine neue Reise beginnen: Als wir jung waren, haben wir um jeden Preis nach Dingen gesucht, die uns Identität geben konnten, jetzt hingegen müssen wir versuchen, all die Identitäten zu verlieren, die wir uns übergestülpt haben. Ich meine nicht, dass wir vergessen sollen und genauso wenig, dass wir eines Morgens erwachen und uns in einen Käfer verwandeln könnten, wie es dem bedauernswerten Gregor Samsa passiert ist; und auch nicht, dass wir uns tot stellen, wie Mattia Pascal; oder dass wir verschwinden und unsere Spuren verwischen. Ich glaube, dass man sich der überflüssigen Etiketten, Wappen, Medaillen, Broschen und Stickereien entledigen muss, mit denen wir unsere Kleider geschmückt haben, bis sie zu Uniformen geworden sind. Ohne sie auskommen. Sich ein bisschen entblößen, wieder leicht werden und wesentlich.

Das soll nicht bedeuten, dass man sich vereinfachen soll, im Gegenteil; wenn wir ein paar unserer Schmuckstücke und Kleider ablegen, können wir vielleicht entdecken, dass wir eine sehr komplexe, facettenreiche, vielfältige innere Identität haben. Ob es schwierig wird? Vielleicht. Sich von allen möglichen Etiketten zu lösen, hat einen beträchtlichen Preis: Es bedeutet, wehrlos, schutzlos, einsam zu werden. Diese Etiketten beschützen uns und bieten uns Sicherheit, Geborgenheit, Hilfe. Einer Partei anzugehören oder einem Verein, beziehungsweise einer Ideologie anzuhängen, ist uns im Leben eine große Hilfe. Vom psychologischen Standpunkt aus betrachtet, fühlen wir uns gut, nicht isoliert, akzeptiert, zugehörig. Konkret bietet uns eine solche Zugehörigkeit nützliche Beziehungen, Unterstützung, Privilegien. Nicht-Zugehörigkeit hingegen bedeutet unter Umständen, ausgeschlossen zu sein. Und somit allein. Niemand wird uns je umsonst eine Karte für die Theaterpremiere anbieten.

Ist es so gesehen nicht völlig verrückt, sich dieser Etiketten zu entledigen, die Mitgliedsausweise zurückzugeben, aus den Clubs auszutreten? Nein, ich glaube, dass heute die Einsamkeit nicht nur unsere präzise moralische Pflicht ist, sondern auch ein wundervolles Geschenk, eine Chance, die uns im Leben geboten wird. »Ich habe keine Freunde, und ich will auch keine haben.«, sagte Michelangelo. Und niemals hätte er schaffen können, was er geschaffen hat, hätte er nicht diese Fähigkeit zur Einsamkeit gehabt. »Sich für sich selber aus dem Weg gehen«, sagte Dante im lebenslänglichen Exil, als er gezwungen war, von Hof zu Hof zu ziehen. Und niemals hätte er geschrieben, was er geschrieben hat, hätte er nicht unter diesen Bedingungen leben müssen. Ich weiß, ich spreche von Genies, von einigen wenigen Auserwählten im unendlichen Meer der Menschheit. Aber wenn etwas Neues und Gutes entstehen kann, dann nur außerhalb der beruhigenden Angehörigkeits-Etiketten: Und nur wenn jemand noch in der Lage ist, aus sich heraus und in absoluter Leere und Stille etwas zu schaffen (und sei es nur einer in jedem Jahrhundert), so hat er die Welt einen kleinen Schritt vorangebracht.

Das Federvieh, von dem ich in meiner Geschichte erzähle, hat in seiner ersten Lebenshälfte alle nur denkbaren Zugehörigkeiten akzeptiert: Es war ein Biber im Land der Biber, eine Fledermaus in der Stadt der Fledermäuse, eine Ente im Club der Enten … Bis es schließlich auf eigene Kosten gelernt hat, dass es genügt, in einer Welt zu leben, um ihr anzugehören. Oder besser, es hat gelernt, dass es tiefere

Zugehörigkeiten gibt, in denen unsere wahre Identität zu finden ist: Es genügt nicht, dass andere dir sagen: du bist eine Ente, um eine Ente zu sein. Wenn du mit den anderen Enten nicht klarkommst, bist du eben anders und musst gehen.

Jedes Mal verspielt man seine Identität! Niemals hat man sie sich ein für alle Mal angeeignet. Und die Mitgliedsausweise werden überflüssig: Es stimmt, sie ermöglichen Zutritt zum Tennisclub, öffnen wundersam jede Schranke, lassen einen überall hinein, aber am Ende repräsentieren sie dich nicht, sie entsprechen dir nicht: Sie sagen nicht, wer du bist. Folglich kann man sie wegschmeißen.

Mein Federvieh verlässt alle Welten, es wandert eine Weile alleine umher, bis es an einen leeren, verlassenen Ort kommt und dort ganz einfach lebt. Genau dort bemerkt es, dass es noch eine weitere, unsichtbare Welt gibt: die unterirdische Welt der Maulwürfe. Und mit ihnen fühlt es sich endlich wohl. Niemand sieht oder beobachtet es mehr, und es kann sein, was es ist. Es ist niemand mehr, niemand Vorgefertigtes, Vorgekautes, Konfektioniertes. Und genau in dem Moment, in dem es endlich niemand wird, erinnert sich das Federvieh daran, dass es Flügel hat: Zum ersten Mal denkt es darüber nach, entdeckt sie.

Vor lauter Gier nach Zugehörigkeit hatte es seine Flügel vergessen, ausgerechnet das, was es so offensichtlich von den anderen unterscheidet. Es hatte sie zurückgestellt. Können wir also so weit kommen, dass wir vor lauter Zugehörigkeits-Gier uns selbst zurückstellen?

Ich schlage als Finale und allergrößte Errungenschaft der Menschheit eine Art »Niemandheit« vor, in der der Mensch seine wahre, innere Identität findet und endlich »Niemand« wird: der, der er ist. Es ist kein Zufall, dass Odysseus sich retten konnte, indem er sich »Niemand« nannte …

Paola Mastrocola

PIPER

François Lelord

Hectors Reise

oder die Suche nach dem Glück. Aus dem Französischen von Ralf Pannowitsch. 187 Seiten. Gebunden

Auf seiner Weltreise stellt Hector allen, denen er begegnet, dieselbe Frage, die wiederum bei Männern meist Belustigung, bei Frauen eher Tränen hervorruft: »Sind Sie glücklich?« Warum träumen wir so oft von einem glücklicheren Leben? Liegt das Glück im beruflichen Erfolg oder im privaten? Hängt es von den Umständen ab oder von unserer Sichtweise?
Am Ende seiner Abenteuer hat Hector dreiundzwanzig Antworten und erkennt: nichts ist einfacher als wahres Glück.

»Ein philosophisches Märchen.«
Le Figaro

01/1337/02/R

PIPER

Paul Watzlawick
Anleitung zum Unglücklichsein

132 Seiten. Serie Piper

»Ich habe das Buch in wenigen Stunden gelesen und gleich an die nächsten Freunde weitergeleitet. Schon der Grundgedanke ist faszinierend. Nicht – wie so viele Autoren, die in den letzten Jahren den Markt mit Glücksanleitungen überschwemmt haben – wohlfeile Gebrauchsanweisungen zu liefern, sondern uns den Spiegel vorzuhalten und zu zeigen, was wir alltäglich alles selbst gegen unser mögliches Glück tun.«
Walter Kindermann

»Eine amüsante Lektüre für Leute wie mich, die dazu neigen, sich das Leben schwer zu machen – ohne zu wissen, wie sie das eigentlich anstellen. Ein Lesevergnügen mit paradoxem Effekt. Das Nichtbefolgen der ›Anleitung zum Unglücklichsein‹ ist die Voraussetzung dafür, glücklich sein zu können.«
Brigitte

01/1220/01/R

Sergio Bambaren

Die Rose von Jericho

Die Geschichte eines Neuanfangs. Aus dem Englischen von Clara Lind. 192 Seiten. Gebunden

Michael kann stolz auf sich sein. Er hat all das erreicht, was er sich vorgenommen hatte. Erfolgreich im Beruf und ein glücklicher Familienvater, merkt Michael anfangs kaum, wie Selbstbestätigung und Erfüllung in der Arbeit mehr und mehr zur Sucht für ihn werden. Ganz anders Alejandra, die sich nur noch dunkel an ihren meist betrunkenen Vater erinnern kann und sich jetzt selbst im Alkohol zu verlieren droht. Doch dann finden Alejandra und Michael sich eines Tages an ein und demselben Tiefpunkt wieder und müssen beide lernen, noch einmal ganz von vorn anzufangen … Sergio Bambarens Bücher berühren Millionen von Menschen auf der ganzen Welt. Jetzt erzählt er zum erstenmal von den existentiellen Erfahrungen und Ängsten, die sein eigenes Leben geprägt und verändert haben: »Meine Erzählung ist indirekt autobiographisch: Auch ich hatte eine persönliche Krise zu meistern, in meinem Fall eine schwere Krankheit. Die Zwölf Schritte haben mir geholfen und mich gelehrt, die Freude am Leben wiederzugewinnen.«

01/1654/01/R

PIPER

Catherine Goldhammer

Stilleben mit Huhn

Das Jahr, das alles veränderte. Aus dem Englischen von Karen Lauer. 192 Seiten. Gebunden

»Durch sein erbarmenswertes Äußeres sah ich hindurch bis in sein Herz. Und so kaufte ich mein Cottage, mein Haus am Meer …« Catherine, frisch geschieden, drei Steuerklassen ärmer, verläßt den reichen Villenvorort, wo das Gras grün, aber die Herzen kalt sind. Sie zieht in ein verschlafenes Nest an der Küste und kauft, um ihre brillante 12jährige Tochter vom Umzug zu überzeugen, sechs Küken. Jeweils ein Gramm Daunen und zwei Gramm Energie, bringen sie alles in Aufruhr, und auf einmal steckt das Leben voller Abenteuer. Aus der verwöhnten Gattin wird eine Frau, die ein verlottertes Haus auf Vordermann bringt und ihre charismatischen Hühner gegen alle Widrigkeiten – böse Nachbarn, Füchse, große Kälte – beschützt und darüber die wahren Qualitäten des Lebens entdeckt.

01/1655/01/R